L'4ss4ss1n4t d3l prof3ssor d3 m4t3m4t1qu3s

Jordi Sierra i Fabra

Il·lustracions de Lluïsot

BARCANOVA EDITORIAL

Equip editorial:

Sara Moyano (Projectes)
Albert Lázaro (Edició)

© 2002, Jordi Sierra i Fabra
www.sierraifabra.com
© 2006, Lluïsot, per les il·lustracions
© 2002 d'aquesta edició: Editorial Barcanova, SA
Mallorca, 45, 4a planta
08029 Barcelona
Telèfon 932 172 054. Fax 932 373 469
barcanova@barcanova.cat
www.barcanovainfantilijuvenil.cat

Catorzena edició: desembre de 2011
Segona impressió: octubre de 2013
ISBN: 978-84-489-1942-9
DL B. 40748-2011

Printed in Spain
Imprès a Romanyà Valls, S.A.

Benvolgut lector:

Suspens les mates? Se t'entravessen els problemes? És més (i encara que soni fort): ODIES les mates?
D'acord, no cal que responguis. Jo, a la teva edat, també m'ho passava força malament amb això del 2 i 2. Daixò... són 4 o 22?
El que passa és que ara entenc que tot, fins i tot les mates, pot ser un joc si te'l prens així, sense l'angoixa dels aprovats i la necessitat de passar al curs següent i tenir contents els pares. Llàstima que no ho descobrís abans, quan tenia la teva edat! Assassinar el profe de mates no serveix de res. Només els cal posar-ne un altre que ocupi el seu lloc.
Però aquest llibre és un joc, un divertimento, *està fet perquè riguis (i perquè pateixis una mica amb el misteri), i de passada potser acabes veient de bon ull les mates. Si acceptes un consell, intenta resoldre els problemes a mesura que els vagis llegint, no et limitis a passar les pàgines i prou. T'encantarà ser el quart element al costat dels tres protagonistes de la història.*

I quan acabis, dóna'l al teu professor de matemàtiques. Si té sentit de l'humor, tant és que sigui «dur» o «tou», segur que riurà i, potser, adopta els mètodes de l'insòlit professor d'aquesta novel·la.

Salut, company.

www.sierraifabra.com

Capítol

$$(\sqrt{169} - \sqrt{144})$$

1

En sonar el timbre que anunciava el final de la classe, ell els va dir:

—Adela, Lluc, Nicolau, quedeu-vos un moment, si us plau.

Els tres nois al·ludits primer van obrir els ulls i després es van mirar els uns als altres. Es van quedar aixafats al seient, com si el tinguessin enganxat al cul amb cola de contacte. La resta dels alumnes es van evaporar en pocs segons. Alguns els van llançar mirades d'ànim i de solidaritat, d'altres, de befa sorneguera.

—Us ha tocat —va murmurar un dels més empipadors.

L'Adela, en Lluc i en Nicolau es van quedar sols. Sols amb en Felip Romero, el professor de matemàtiques. «Flip» per als amics, a més de «profe» o «el de mates», que és com l'anomenaven habitualment.

El mestre no es va posar dret immediatament. Tampoc no va començar a parlar-los de seguida. Va continuar assegut, estudiant alguna cosa amb molta atenció. El silenci es va fer omnipresent a mesura que el temps transcorria. Més enllà, darrere les finestres, la gresca que feien els que ja eren al pati pujava en espiral fins on es trobaven ells.

L'Adela es va remoure inquieta. La cadira on seia va gemegar lleument. Era una noia alta i espigada, d'ulls vius i amb uns cabells llargs que li arribaven a la meitat de l'esquena. Duia roba informal, com la de la major part de nois i noies. La seva preocupació no era inferior a la dels altres dos. Van tornar a mirar-se. En Lluc va arquejar les celles. En Nicolau va fer cara de circumstàncies. En Lluc era el més alt de tots tres, sec com un gaig, amb la cara pigada i un somriure molt expressiu. En Nicolau era tot el contrari: baixet i rabassut, amb els cabells força llargs i una mirada penetrant. Curiosament tots tres eren amics. Sempre es ficaven junts en tots els embolics, en els bons i en els dolents.

Finalment en Felip Romero va deixar el full que estava llegint i els va travessar amb la mirada més penetrant que tenia.

—Bé —va sospirar.

Això va ser tot. La mirada va continuar el seu camí. Primer en direcció a l'Adela. Després en direcció a en Lluc. I finalment en direcció a en Nicolau. No era un mal professor. Llàstima que ensenyés… matemàtiques. En Flip era l'únic que cridava els alumnes pels seus noms de pila, i no pels seus cognoms. I l'únic que acceptava dir-li Lluc en comptes de Luke, tenint en compte que en Lluc era un fan de *Star Wars*. D'altres s'estimaven més anomenar-lo Skywalker, però sempre ho feien en un to burleta.

—Què voleu que faci amb vosaltres? —va preguntar en veu alta.

—Què li sembla deixar-nos sortir al pati? —va proposar en Nicolau.

El mestre no va fer cas del comentari.

—Sabeu per què he volgut que us quedéssiu, oi?

—En tenim una idea vaga.

—Sou els tres únics de la classe que suspendreu l'assignatura.

—Ves quina notícia —en Lluc va abaixar el cap.

—I no us fa ràbia?

—Doncs és clar que ens fa ràbia.

—No ho fem pas expressament.

—Què vol que fem?

Tots tres van parlar alhora.

—I us hi resigneu? —es va estranyar en Felip Romero.

—No —va dir l'Adela.

—Però si no ens entra... no ens entra —va manifestar en Nicolau.

—Nosaltres prou que ho intentem —va assegurar en Lluc.

—Au, vinga, nois —el professor va acabar posant-se dret—. No m'ho puc creure. Si fóssiu babaus o no hi arribéssiu ho entendria, però vosaltres tres... He vist les notes que heu tret en les altres assignatures, i en general són totes prou bones! Què us passa amb les matemàtiques? ¿Que no us entren? Ximpleries! El que passa és que els teniu mania. Les odieu! Molt bé, podeu odiar-les, si voleu, però no em digueu que no les enteneu. No és més que una qüestió mental. Us negueu a entendre-les, que no és el mateix!

—No és tan fàcil, profe —va dir en Lluc, dolgut.

—Sí que ho és, Lluc, i tu ho saps tan bé com l'Adela i en Nicolau. Tot és aquí —es va tocar el front amb l'índex de la mà dreta—. Si volguéssiu les entendríeu, però us limiteu a dir que no us entren, que no són el vostre fort, que si naps que si cols, i ja està.

—Que potser pensa que no volem aprovar? —va fer en Nicolau.

—Vostè no sap l'esbronc que em clavaran a casa —es va estremir l'Adela.

—I l'estiu que em faran passar a mi, amb els profes particulars i tota la pesca —es va queixar en Lluc.

—Doncs eviteu-ho! —va cridar en Felip Romero.

Tots tres van botar als seients.

—Au, nois, escolteu-me —el mestre es va acostar a tots tres i va seure a sobre d'un pupitre—. Les matemàtiques són essencials. Després de la llengua són el més important que hi ha. I que consti que sóc un dels pocs profes de mates que ho reconeixen, perquè la majoria us diran que les matemàtiques passen per damunt de tot. Jo penso que sense aprendre primer a llegir i a escriure correctament no hi ha matemàtiques que hi valguin. Però tant és: són essencials. Us ajuden a pensar, a racionalitzar les coses, a tenir una disciplina mental. ¿Vosaltres llegiu?

—Sí —va dir l'Adela—. Jo m'empasso totes les novel·les policíaques que enganxo, i gairebé sempre endevino qui és l'assassí abans que s'acabi la història.

—Jo sóc un fan de la ciència-ficció i de la fantasia —li va recordar en Lluc—. Em llegeixo totes les històries que trobo.

—I el meu fort són els còmics —va voler deixar ben clar en Nicolau—. Tot i que també sóc força bo amb els videojocs.

—Doncs les matemàtiques són iguals que tot això! —va insistir en Felip Romero—. Una bona novel·la policíaca és com un problema de mates, ens va donant pistes per arribar a un únic final possible: el culpable. Passa el mateix amb la ciència-ficció, i no cal dir amb els videojocs. Si la teva ment és capaç de treballar a la velocitat necessària per arribar al final d'un videojoc, és que estàs capacitat per resoldre qualsevol problema de matemàtiques.

—No és el mateix —va negar en Nicolau.

—Us assassinaria! —va alçar les mans al cel—. Mira que en sou, de tossuts! On teniu l'orgull, eh?

Els nois no van dir res.

—Que no us fa res ser els tres únics alumnes que suspeneu les matemàtiques? —va continuar el professor intentant provocar-los.

El silenci va continuar.

—Sabeu que em poden fer fora per culpa d'això? —va dir de sobte en Felip Romero.

—Per què?

—Per ser un mal professor.

—Apa!

—Que sí —va insistir ell—. Estic amb l'aigua fins al coll. El director diu que els meus mètodes no són… ortodoxos.

Amb tres alumnes suspesos de divuit, me les carrego. És una sisena part.

—No és just.

—Per què no ho dius a en Marià Fernández, això?

—I a sobre vol que ens sentim culpables perquè el poden fer fora? —l'Adela es va entristir.

—Doncs sí.

—Ostres! —va rondinar la noia.

—Demà teniu l'examen —els va recordar sense que calgués—. Estudieu aquesta nit, si us plau, intenteu fer-ho una mica bé perquè pugui justificar un cinc pelat. I no em digueu que no ho enteneu, que us bloquegeu, que us quedeu amb la ment en blanc i tots aquests romanços. Feu un esforç!

Allò era un esbronc. En Felip Romero els parlava amb passió i convicció. Els nois l'entenien. Llàstima que la realitat fos ben diferent.

Les matemàtiques no els entraven. Punt final.

Què podien fer per combatre-ho?

Capítol

(17.539.298 / 8.769.649)

2

Van baixar les escales a poc a poc, amb el cap acotat i la barbeta literalment enfonsada al pit. Ni tan sols van sortir al pati. No volien haver de respondre a les preguntes dels altres. Prou malament que se sentien. Van acabar seient a l'últim esglaó, amb la moral per terra.

—No és mal paio —va reconèixer l'Adela.

—S'enrotlla bé, sí —en Nicolau hi estava d'acord.

—És el millor profe de l'escola, encara que sigui el de mates —va dir en Lluc.

—És clar, per això els altres li busquen les pessigolles —va declarar l'Adela—. És jove, ben plantat, du els cabells llargs, té idees progres... Ja ho heu sentit, ell mateix ens ho ha dit: fins i tot el director vol treure'l del mig.

—Tu creus que poden fer fora un profe només perquè tres alumnes han tret carbassa? —va vacil·lar en Nicolau.

—Jo, d'aquesta gent —va englobar el món sencer, el dels adults, tot i que només es referia als mestres del centre—, em crec qualsevol cosa.

—Sí, en el fons deu ser com en aquelles pel·lícules americanes —va calcular en Lluc—. Si no vens tant o no arribes a unes xifres establertes, o si ets l'últim de la plantilla i coses per l'estil, al carrer.

—Doncs sí que anem bé —va sospirar l'Adela, encara més desmoralitzada.

—I què vols que fem, que de sobte ens convertim en genis de les matemàtiques? —va exposar en Nicolau com si es tractés d'una utopia.

—Potser aquesta nit...

—Au, Adela, no somiïs.

—Sí, siguem realistes, d'acord?

Es van sumir en un nou silenci, dens i espès. Poques vegades s'havien trobat tan sols. El món sencer contra ells. Hi havia alumnes que només que llegissin una cosa ja se la sabien, mentre que d'altres no ho aconseguien ni passant-se cinc hores estudiant o enganxant-se les parpelles al front amb cinta adhesiva. Hi havia alumnes que es miraven un problema i ja sabien què calia fer per resoldre'l. En canvi, per a ells, la major part dels problemes eren galimaties sense sentit.

Els professors anaven sortint de la sala en la qual es reunien per prendre cafè i fumar, perquè tots fumaven. Ja podien dir que era dolent, ja, però ells ben enganxats al vici! Els van repassar un per un, fixant-se sobretot en en Felip Romero.

—En Bruno l'odia —va dir l'Adela—. Des que va haver de canviar la seva classe per la d'ell no el pot ni veure.

—I la Cinta, ni en pintura. Diu que és boig per com es comporta i per la manera que té de vestir i de parlar —va exposar en Nicolau—. Però vés a saber, potser el que li passa és que n'està secretament enamorada.

—Ets un romàntic —se'n va burlar en Lluc, i llavors va continuar ell—: i ja no parlem de l'Amàlia, sobretot tenint en compte la seva addicció a les normes, al pla d'estudis i al llibre, és a dir, a no canviar res.

—Però no només l'odien alguns profes —va recordar l'Adela—. La seva ex també, us en recordeu? I també en Palmiro.

L'any anterior, en Felip Romero i la Marta López, la de socials, havien estat enrotllats. Ella va aconseguir una plaça en un centre millor i, quan ell li va dir que s'estimava més quedar-se on era i no demanar cap trasllat, tot i que ho podia fer, la Marta li va cridar que era boig perquè triava l'escola en comptes de seguir-la a ella, el va tractar de monstre, n'hi va dir quatre de fresques i el va plantar. En part, això deia molt en favor del profe de mates. Ell els apreciava. Per a ell, aquella era la «seva» escola. Però el que va passar amb en Palmiro eren figues d'un altre paner. Es tractava d'un alumne d'allò més bèstia, sempre ficat en merders. La policia ja l'havia detingut dues o tres vegades per haver robat coses. Era un dels pitjors elements «disruptors» —els profes els anomenaven així— del centre. Quan en Flip el va suspendre, el va amenaçar dient-li que li punxaria les rodes del cotxe, que faria pintades a casa seva i encara pitjor: li va assegurar que un dia li cauria a sobre una bastida i que no sabria d'on.

—Diuen que ser periodista i profe és d'allò més dur —va anunciar en Lluc.

—Sí, la majoria estan de psiquiatre —va afirmar en Nicolau.

—I llavors per què ho són? —va preguntar l'Adela.

—Segur que són *masoques* —va somriure en Lluc per primer cop.

—Els va la marxa —el va acompanyar en Nicolau.

—Van tenir una infància molt difícil i ara se'n volen venjar —va aportar l'Adela.

No estaven gaire segurs del que deien, però les seves teories els van confortar.

—Ja és l'hora —en Nicolau va tornar a la dura realitat.

—No vull suportar les preguntes dels altres, tornem a classe —va proposar l'Adela.

—Quin remei —va exclamar en Lluc.

Es van aixecar, però no van pujar les escales. Sense dir res van caminar en direcció als lavabos de la planta baixa, submergits de nou en el silenci. Durant el trajecte van passar a prop del despatx del director, en Marià Fernández. D'allà sortien unes veus.

Van alentir el pas.

Una de les veus era la del profe de mates. L'altra pertanyia al mateix director del centre.

—Que no, Romero! Ho sento! És la meva última paraula! —deia en Marià Fernández.

—Però no ho pot fer, això. Que no se n'adona? —insistia en Felip Romero.

—Que no puc, diu? Vostè no sap fins on sóc capaç d'arribar, jo! Les coses són així!

—Però no és just.

—Romero, aquesta no és la seva guerra! Li juro que...!

Els nois estaven com hipnotitzats, pendents d'aquella discussió insòlita. O calia dir-ne picabaralla? Tenien els peus enganxats a terra.

El problema va ser que just en aquell moment van aparèixer al passadís dos professors, i ells es trobaven en zona perillosa. Els voltants del despatx de direcció i de la sala de professors rebien el nom d'arenes movedisses, perquè qualsevol profe podia sortir i engegar un crit, o carregar-los les culpes per qualsevol cosa. Així doncs, van haver de reaccionar.

Es van afanyar a apartar-se del lloc des del qual podien sentir les paraules dels dos homes.

—Ostres! —l'Adela va fer servir la seva expressió més habitual.

—Pobre Flip —en Nicolau estava al·lucinat.

—De què va, el dire? —es va estranyar en Lluc.

—Sabeu què és el que em fa més por? —va dir en Nicolau.

—No, què? —es va interessar l'Adela.

—Que tothom diu que quan cresquem i siguem grans i madurem i tota la pesca... serem com ells —va sospirar en Nicolau.

Es van observar amb aprensió durant uns segons.

—No —finalment l'Adela va fer cara de fàstic—. Jo no ho crec.

—Jo tampoc —en Lluc movia el cap d'un costat a l'altre—. Nosaltres no.

—Doncs potser no —en Nicolau va arronsar les espatlles.

Al cap i a la fi encara faltava una eternitat perquè allò passés.

I abans, l'endemà, hi havia el maleït, odiat, preocupant i funest examen de matemàtiques.

Allò sí que era real.

Capítol

(Quantes rodes té un tricicle?)

3

De pedra. Era pitjor que no s'havia imaginat en el seu somni més pessimista. Es va quedar de pedra.

L'Adela va aixecar els ulls de les preguntes. Només n'havia respost dues. Allò era un quatre. Va dirigir la mirada a en Nicolau, que estava assegut al seu costat, i després a en Lluc, darrere en Nicolau. Tots dos feien la mateixa cara d'angoixa, de mal de panxa recalcitrant, de mareig intens, la pell pàl·lida, congestió ocular, cara d'esglai, com si tot allò no fes per ells. Contemplaven abstrets els seus exàmens.

Potser esperaven un miracle.

A les novel·les policíaques sempre apareixia una pista d'última hora, una dada perduda que conduïa directament al culpable. Als llibres de ciència-ficció tot s'arreglava amb una batalla galàctica o amb una invasió d'alienígenes bons. Als relats fantàstics, el mag de torn o l'heroi de sempre ho solucionava tot quan més perdut semblava. Als còmics no fallava mai. I als videojocs sempre hi havia un camí, o tres vides amb les quals s'hi podia accedir, o qualsevol altre invent, drecera o truc per acabar la partida.

Només a la vida real, i més encara a la dura realitat de les matemàtiques, quan un no sabia resoldre un problema, no en sabia i prou. No calia donar-hi més voltes. L'Adela va sospirar. Va deixar de contemplar els seus dos amics i va aixecar el cap. Es va trobar amb els ulls d'en Felip Romero. Allò la va fer empal·lidir. Si pogués resoldre un altre problema. Només un.

—Cinc minuts —va avisar el professor de matemàtiques.

Cinc minuts. O cent, tant era.

Va llegir l'enunciat d'un dels problemes. O estava en blanc o no l'entenia, o bé ho intentava i es perdia...

—Maleït siga! —va rondinar.

La Margarida Martorell i en Bernabé Martí es van aixecar per entregar els seus exàmens. Els primers. Com sempre. Els sobraven cinc minuts i a sobre segur que tindrien les notes més altes. Quina sort! És clar que el pare de la Margarida era físic nuclear. Segur que això hi tenia alguna cosa a veure, almenys pel que feia als gens. En Bernabé, en canvi, era així d'intel·ligent. Una llumenera.

El seu únic i llunyà consol era que fins i tot a Einstein li havien costat les matemàtiques.

Van passar els minuts finals.

—Au, recolliu els exàmens —va anunciar en Felip Romero.

Tots es van començar a aixecar, llevat d'un parell d'alumnes, que van continuar escrivint molt de pressa, i ells tres. En Nicolau i en Lluc la van mirar. No calia dir res. Si almenys un d'ells aconseguís aprovar...

—Au, vinga —els va apressar el professor.

Van ser els últims a aixecar-se de la cadira, van caminar fins a la tarima i la taula i van dipositar els exàmens a sobre de la pila de fulls escrits. Van defugir els ulls del mestre, però van notar com els clavava la mirada. En sortir de la classe no es van aturar a enfrontar-se a les preguntes dels altres, que discutien sobre el tercer problema o sobre el resultat del quart, alguns fent bots d'alegria per l'èxit i d'altres lamentant l'error comès en adonar-se massa tard d'un detall que se'ls havia escapat. Cap d'ells no va parlar fins que no van ser a baix i cap d'ells no va fer la bestiesa de preguntar: «Com us ha anat?».

—Ostres! —l'Adela es va deixar vèncer pels nervis.

—En blanc, m'he quedat en blanc amb el maleït tercer problema. I em sembla que el sabia resoldre, però…!

—A mi m'ha passat el mateix —va dir en Lluc a en Nicolau—. Si és que no puc. Jo del dos i dos no passo, i m'importa un rave que siguin quatre o vint-i-dos. Per a què serveixen els trencats a la vida real? Que algú m'ho expliqui!

—O saber quant fa el radi de la circumferència? —va refermar en Nicolau categòricament.

—Hem suspès, això és segur —l'Adela va tocar el costat feble.

—Ens espera un estiu genial —es va estremir en Lluc.

—I al setembre tornarem a estar igual —en Nicolau es va deixar vèncer per l'abatiment.

—Tota la vida intentant aprovar aquest examen!

Les paraules de l'Adela van ser com un forat negre que els va xuclar, arrossegant-los cap a la foscor absoluta. Com tres ànimes en pena van sortir de l'escola i van començar a caminar cap a les seves cases, totes tres al mateix barri i en la mateixa direcció. El sol brillava, però els núvols negres del seu estat d'ànim eren tan espessos que no els deixaven veure res. La vida era un autèntic fàstic. I encara més la dels estudiants amb carbasses.

—Ara el meu pare em preguntarà com m'ha anat —es va queixar en Lluc.

—I el meu, ves! —va manifestar en Nicolau.

—I el meu —va corroborar l'Adela en darrer lloc.

—No sé per què insisteixen tant amb el tema de les matemàtiques —va continuar en Lluc—. El meu oncle Frederic no sap ni sumar i està folrat de diners. Els nombres, que se'ls quedin els comptables i els administratius, que per això hi són.

—Doncs ja em diràs de què m'han de servir a mi les matemàtiques, si jo vull ser periodista —va dir l'Adela.

—No, si està clar que... —en Nicolau es va quedar sense paraules.

A mig camí hi havia el solar. Era un gran espai enrunat en el qual deien que havien de construir un multicine i un aparcament, i potser també un centre comercial. Això deien. La veritat és que estava així ja feia molts anys, fins i tot des d'abans que ells naixessin. I a falta d'un parc que els quedés a la vora, perquè el més pròxim es trobava a deu minuts, a l'altra banda de l'escola, aquell solar els servia de punt de reunió i de jocs.

Així doncs, hi van entrar i cadascú va seure a la seva pedra. No tenien gaires ganes d'arribar a casa.

—Si almenys poguéssim passar l'estiu junts! —va parlar primer l'Adela. Els seus pares sempre se l'enduien al poble, a la muntanya. En Lluc se n'anava a la platja, i en Nicolau era l'únic que no es movia d'allà.

—Segur que em posaran com a professor d'estiu un impresentable estúpid i pedant a qui li cau la bava amb el cul de la meva germana i que no para de fer el fatxenda per impressionar-la a ella i els meus pares —es va enfonsar en Lluc—. I cada tarda, mentre els altres estiguin jugant o a la platja o llegint o el que sigui, jo vinga a pencar.

—A mi em farà classes la meva cosina, que encara és pitjor —va dir en Nicolau al seu torn—. No ho vulguis saber, com és la paia; creguda i beneita del cabàs —va accentuar amb fúria l'última «e» de «beneita».

—Amb mi no sé què faran —va reconèixer l'Adela—. No ens sobren els diners, a nosaltres, i em sap greu que els meus pares se'ls hagin de gastar d'aquesta manera, que semblo beneita. I llavors comencen com el profe —va canviar de to i es va posar a gemegar, dient—: Oh, la nena, tan llesta que sembla, perquè curta no ho és, oi? —es va recuperar i va afegir—: Els mataria. Em fan sortir de polleguera.

Van deixar de parlar. No volien queixar-se més. Però tampoc no tenien ganes de jugar a res. El món era un immens paisatge desolat, sense cap mena d'atractiu. Qui va inventar les matemàtiques havia de ser per força un amargat, un vell rondinaire sense res a fer, algú que odiés la humanitat sencera, i encara més els nens, perquè a veure: qui estudiava matemàtiques? Els adults, potser? I ara, només els nens! Feste fotre!

I, a sobre, deien que eren estupendes i divertides i…

Tots tres pensaven el mateix alhora, sintonitzats mentalment, quan de sobte van veure el cotxe d'en Felip Romero al carrer, circulant a una velocitat molt reduïda. Ell treia el cap per la finestra. Semblava que els busqués. En veure'ls va aturar el vehicle.

—Oh, no —va dir en Nicolau amb un fil de veu a penes perceptible.

El professor de matemàtiques va sortir del Galàctic, tot i que també l'anomenaven Odissea. El motiu era ben senzill: a més de les lletres de rigor, el número de la matrícula era el 2001, com la pel·lícula de Stanley Kubrick, *2001, una odissea de l'espai*. I és que, a més, el cotxe era tot un espectacle. Tenia els anys de Matusalem, i era un model de feia trenta anys, de quan van començar les combinacions de lletres i números a les matrícules.

—Que potser hem aprovat i ve a donar-nos la notícia?

L'Adela i en Lluc van mirar en Nicolau. Ni fent ús de l'optimisme més desmesurat podien imaginar-se un miracle així.

Tot i que, ben mirat, el mestre tampoc no tenia l'aspecte de voler tornar a obrir-los la ferida.

Van aguantar-se l'alè fins que el van tenir a la vora.

Capítol

(16 × 1 – 12 × 1)

4

—**H**ola.

—Hola —van dir tots tres encara expectants.

—Passava per aquí i us he vist i…

Era mentida, els estava buscant.

—Tenim tres deus i ha vingut a fer-nos la pregunta final per poder posar-nos la matrícula —en Nicolau va aconseguir semblar animat.

En Felip Romero no va dir res.

—Puc seure? —va preguntar.

—És clar.

Hi havia pedres de sobres. Així doncs va triar la més alta, que casualment es trobava al davant dels tres alumnes. Va ajuntar les mans sobre els genolls i els va contemplar amb els llavis plegats.

—Senyor, Senyor —va sospirar profundament.

L'Adela, en Lluc i en Nicolau es van posar rígids.

—Què… passa? —va voler saber ella.

—Sabeu que gairebé ho heu aconseguit?

—Què vol dir «gairebé»? —en Lluc va aixecar una cella.

—Doncs que teniu un quatre amb dos, un quatre i mig i un quatre amb set. Això vull dir.

—Ja ha corregit els exàmens? —es va estranyar en Nicolau.

—Els vostres sí.

—O sigui, que ens ha tombat igualment. Ens ha anat d'un pèl, però... ens ha tombat —va concloure en Lluc.

—És una llàstima —els va dir en Felip Romero, resignat.

—Ja.

—De debò, us ho dic de tot cor.

—Però no pensa arrodonir les notes a cinc —va temptejar l'Adela.

—No, és clar que no.

—Llavors...

—Com és que vau fallar el tercer problema, per l'amor de Déu? No em digueu que no sabíeu com resoldre'l.

—Si no el vam fer, és que no en sabíem —es va defensar l'Adela.

—Però ho vau intentar?

—Sí —van dir tots tres alhora.

—Doncs no m'ho puc creure! Ja sé que ara em direu que us vau quedar en blanc, però...! Valga'm Déu, és increïble! Ho vam veure a classe fa dues setmanes!

—No era el mateix.

—Sí que era el mateix, Lluc! —va cridar el professor—. Amb altres paraules, una pregunta diferent i un altre tipus de problema, però es resolia de la mateixa manera. És el mateix dos per tres que tres per dos.

—D'acord, som rucs —en Lluc va abaixar el cap.

26

—No sou rucs! El que passa és que us deixeu vèncer pel pànic, envair per la por, aclaparar per l'odi a les matemàtiques, i perdeu la perspectiva!

—Quina perspectiva? —va començar a protestar en Lluc.

—Que les matemàtiques són un joc!

—Au, va, profe! —es va enfadar el mateix Lluc.

—I tant! Un joc encantador! —va dir l'Adela.

—Quan fallo en un videojoc, ningú no em suspèn ni m'amarga l'existència —va comentar en Nicolau.

—Però vosaltres no us doneu cap oportunitat, us poseu de cul a la paret i no hi ha res a fer! —va continuar el mestre, emfàtic, mig cridant—. Us formulen un problema i si no ho veieu al moment... us rendiu i ja està. Què passa? Tan difícil és pensar una mica? Si ho veiéssiu com el joc que en realitat és, al final us agradaria i tot. Què us dic sempre, jo?

—Que entendre la pregunta ja és tenir el cinquanta-un per cent del problema resolt —va exhalar l'Adela.

—Exacte! Hi ha preguntes amb trampa i preguntes senzilles, preguntes que ja et donen la resposta i preguntes que semblen tan complicades que només que eliminem el que sobra ja ens deixen el problema igualment resolt. Però cal fer un esforç mínim, llegir a poc a poc l'enunciat i després triar el camí més senzill, i ser pràctic! Un exemple: un cargol, una tortuga i una llebre fan una cursa. Quan tots tres ja han recorregut un quilòmetre, qui ha avançat més?

—La llebre —va dir en Nicolau sense pensar-s'hi.

El professor el va mirar amb intenció.

—Si tots tres han recorregut un quilòmetre… és el mateix. Ningú no ha parlat del temps que han trigat —va reflexionar l'Adela.

—Exacte. Ho veieu? —I vostè no creu que si fos tan fàcil ningú no odiaria les mates i tothom les aprovaria com si res? —el va desafiar en Lluc.

—No és fàcil, però us ho repeteixo: el problema és que un sol arbre davant del nas no us deixa veure el bosc que hi ha al darrere. En voleu alguns exemples?

—Més mates encara, profe? —es va angoixar en Nicolau.

—No seran matemàtiques, us ho prometo. Només uns jocs amb nombres per demostrar el que us dic.

No va esperar que li diguessin sí o no. Els tenia acorralats. Però a més a més dintre seu s'adonaven d'una cosa molt important: en Felip Romero, en Flip, el profe de mates, era allà per ells, per les seves tres carbasses. Encara lluitava per aconseguir que aprovessin.

D'altres suspenien la gent i prou. No s'amoïnaven. Però ell no era així.

En Felip Romero ja tenia a les mans una llibreta i un bolígraf. Va començar a escriure a tota velocitat en un full. Tot seguit els el va plantar davant dels ulls.

—Au, ràpid, en un segon, quin és el resultat d'aquesta multiplicació?

$$35.975.021 \times 33 \times 12.975.123.399 \times$$
$$\times 2 \times 679 \times 1.111 \times 0 \times 19.555$$

—En un segon? —en Lluc es va quedar bocabadat.

—Que és boig? —va al·lucinar en Nicolau.

—Això és impossible! —va protestar l'Adela.

—De debò? —els va mirar bo i aguantant el full davant dels seus ulls—. De debò que és impossible? Us adoneu que només veieu allò que voleu veure? Com que hi ha tants nombres... Au! És impossible! I us quedeu tan tranquils. Doncs no senyor, no senyor! La resposta s'obté en un segon, i és zero.

—Com que zero?

—No pot ser...

—Allà hi ha un zero, gairebé al final —va sospirar l'Adela, que de sobte ho entenia—. Tant se val que multipliquem milions per trilions. Sigui el que sigui, multiplicat per zero és sempre zero.

En Nicolau i en Lluc es van adonar del detall.

—Què? —en Felip Romero va plegar els llavis, triomfant—. És un joc, però vosaltres l'heu menyspreat i us heu rendit sense acabar de llegir l'enunciat. Si ho haguéssiu fet, hauríeu vist aquest zero. No voleu jugar, no voleu donar una oportunitat al vostre cap. Us en posaré un altre.

Va dibuixar un vuit ben gros i els va preguntar:

—Quina és la meitat superior de vuit?

8

—Quatre —va respondre en Lluc.

—No pot ser tan senzill —l'Adela va arrugar les celles.

—Ha dit la meitat superior —va recordar en Nicolau.

Van mirar el vuit atentament.

—Això no són mates —va començar a inquietar-se en Lluc.

—Oblideu-vos de les mates! Vinga, jugueu!

Es van esforçar durant deu segons més.

—Ens rendim —va sospirar l'Adela.

—La meitat superior de vuit és zero. Que ho veieu?

Va traçar una línia horitzontal pel mig del vuit, dividint-lo en dos zeros.

$$\frac{0}{0}$$

L'Adela, en Lluc i en Nicolau van deixar anar tot l'aire que havien retingut als pulmons. Ja no van ni protestar.

—Quin és el terç i mig de 100?

—Què?

—Ja ho heu sentit. El terç i mig de 100.

—Ni idea —va reconèixer en Nicolau.

—Voleu un full i un boli?

—Profe…

—El terç i mig de 100 és 50. Qualsevol terç i mig de qualsevol xifra és la seva meitat. El terç i mig de 80 és 40, i el de 62 és 31. Amb aquests jocs podeu aixecar la camisa a qualsevol.

—Això no són jocs —va negar l'Adela.

—Què t'hi jugues?

—A mi m'encantaria fer la guitza a l'estúpid a qui li cau la bava quan veu la meva germana i que em farà classes aquest estiu per culpa del suspens —va somriure en Lluc animant-se.

—I a mi a la bleda de la meva cosina, ves! —no se'n va poder estar en Nicolau.

—Segur que els enganxeu. Una endevinalla no és més que una sèrie de càlculs d'aritmètica. Preneu nota —va aconseguir captar el seu interès, perquè tots tres van parar esment, captivats per l'entusiasme—. Puc encertar qualsevol nombre que tingueu al cap. Qualsevol.

—Això no és possible —va vacil·lar en Nicolau.

—Ara ho veurem. Pensa un nombre.

—Ja està —va dir en Nicolau.

—Duplica'l.

—Ja.

—Ara suma-li dos.

—Ja.

—Divideix-lo per dos i digue'm el resultat.

—Cinc.

—Llavors el nombre que havies pensat inicialment era el quatre.

—Ostres! —en Nicolau es va quedar bocabadat.

—Era el quatre? —va preguntar en Lluc al seu amic.

—Sí.

Tots dos van mirar en Felip Romero amb les celles arcades.

—Com ho ha fet?

—Heu de ser mentalment ràpids, però no és gens complicat. Primer li he demanat que dupliqui el nombre, és a dir, que el multipliqui per dos. Suposem que ha pensat el set. Molt bé, doncs set per dos són catorze. Li he dit que li sumi un nombre, en aquest cas el dos. Catorze més dos són setze. Després li he demanat que el divideixi per dos. Setze entre dos són vuit. A aquest vuit, i això és el que no he dit a en Nicolau, cal restar-li mentalment sempre la meitat del nombre que li he demanat que sumés després de duplicar-lo. Com que li he dit que hi sumés dos, la meitat és un. Vuit menys un, set.

—Que fort! —va reconèixer en Lluc.

—Però la clau sempre es troba en el nombre que tu li dius que hi sumi. Aquesta és la trampa. Si li dic que hi sumi dos, he de restar un al que ell em respongui després de fer totes les operacions.

—Esperi, que m'ho apunto —va dir en Nicolau.

Li va prendre el full i el bolígraf i va anotar:

Demanar que dupliqui el nombre.
Demanar que li sumi dos.
Demanar que divideixi el resultat per dos.
Preguntar quin nombre ha obtingut.
I restar-li la meitat del que ha sumat abans, és a dir, un.

—També es pot fer d'una altra manera. Us interessa? —va prosseguir el professor.

—Sí, sí —van dir tots tres.

—Pensa un nombre, Adela.

—Ja el tinc.

—Triplica'l.

—Ja està.

—Si el nombre resultant és parell, divideix-lo per dos. Si és imparell, fes el mateix, però llavors queda't només amb la xifra més alta.

—No ho entenc…

—Si tens el vint-i-nou, no pots quedar-te amb el catorze i mig, sinó amb el catorze o amb el quinze. És a dir que et quedes amb el quinze, que és el més alt. Ara resta'l del nombre triplicat.

—Ah, ja.

—M'has de dir si era parell o imparell.

—Era parell.

—D'acord. Ara multiplica el resultat per tres.

—Ja.

—Quantes vegades està inclòs el nou en aquest nombre?

—Cal dividir-lo per nou, no? Doncs… ja està.

—Sobren decimals?

—No.

—Quin nombre t'ha sortit?

—El quatre.

—Així doncs, el teu nombre era el vuit.

—Ostres! —es va meravellar l'Adela.

—Si m'haguessis dit que hi havia decimals hauria calgut sumar-n'hi un.

—No ho entenc… —va dir en Lluc.

—T'ho escriuré, d'acord? Suposem que has escollit el nou.

I va anotar al full:

Cal preguntar el resultat a qui ha pensat el nombre inicial. En dir-nos 4, el dupliquem i ens dóna 8, però com que sobrava un escaig a l'última operació, cal sumar-n'hi un. El resultat és el 9 que havia pensat inicialment. Si el nombre pensat hagués estat parell només caldria duplicar el nombre resultant de l'última operació, ja que no hi hauria cap escaig.

—Què us ha semblat?

—Molt bo, tu! —va assegurar l'Adela.

—Si ho perfeccioneu podeu deixar la penya al·lucinada. No fallareu mai i es pensaran que sou uns grans endevins. De moment comenceu pel primer, el que arrenca duplicant el nombre pensat. És més senzill que el del triplicat, en què cal tenir en compte si és parell o imparell i si hi ha escaig final. Però si us hi entreneu…

—És una passada —l'Adela estava fascinada—. Sap més trucs com aquests?

—Si guardes en una mà un nombre de monedes parell i en l'altra un nombre imparell, puc endevinar sempre quin tens a cada mà, sense fallar.

—Com?

—Et faig multiplicar el nombre de monedes que tens a la mà dreta per dos i el de l'esquerra per tres, és a dir, un parell i l'altre imparell. Després et demano que sumis tots dos resultats i que em diguis què et surt. Si el total és imparell, el nombre parell de monedes és a la teva mà dreta i l'imparell a l'esquerra. I si el total és parell, al contrari.

—De debò?

—Suposem que tenies vuit monedes a la dreta i set a l'esquerra. Dos per vuit, setze. Tres per set, vint-i-un. Setze més vint-i-un, trenta-set. Imparell. Així doncs, el nombre de monedes parell era a la mà dreta i l'imparell a l'esquerra. Ara prova de fer-ho a l'inrevés.

L'Adela va fer els càlculs amb nou monedes a la dreta i vuit a l'esquerra.

—Dos per nou, divuit. Tres per vuit, vint-i-quatre. La suma és… quaranta-dos. És a dir, que hi havia un nombre parell a l'esquerra i un imparell a la dreta.

—Molt bé.

—Fantàstic! —l'Adela va obrir la boca encara més que els ulls.

—D'acord, això ha estat un joc, i molt bo —va acceptar en Nicolau—, però la resta no ho és.

—Tot és un joc —va insistir en Felip Romero—. O almenys cal prendre-s'ho així —i va dir molt ràpidament—: Escriu-me en un quadrat de tres per tres els nombres de l'1 al 9 de manera que sumin sempre 15 en horitzontal, en vertical i en diagonal.

—Això segur que ho podria fer, però amb molta paciència.

—És més fàcil que no sembla —va començar a dibuixar els quadrats al paper—. Cal col·locar els nombres imparells formant una creu amb el 5 al centre, i després repartir els quatre parells. També cal tenir en compte un altre detall: si l'1 va a baix, el 2 ha d'anar en una altra línia i el 3 en una altra, i passa el mateix amb el 7, el 8 i el 9. Bé, vegeu-ho vosaltres mateixos:

4	9	2
3	5	7
8	1	6

Sumaven 15 pertot arreu, en horitzontal, en vertical i en diagonal.

—Molt bé, això només demostra com som de rucs —va insistir en Nicolau, que ara semblava el més deprimit.

—No, home, no! Només vull demostrar-vos que el truc es troba en l'enunciat, en el desenvolupament, en… És com aquella endevinalla que diu: «Què pesa més, un quilo de plom o un quilo de palla?». No cal ser un geni per adonar-se que l'enunciat diu «un quilo de plom» i «un quilo de palla»; és a dir, que tant el plom com la palla de què parlem pesen el mateix: un quilo! De debò, Nicolau. És fàcil quan es descobreix el truc. Us ha faltat un pèl per aprovar. Ves que no us doni una segona oportunitat.

—De veritat ho faria? —va saltar l'Adela.

—Un altre cap de setmana estudiant per no res —en Nicolau es va enfonsar.

—Millor que sigui un cap de setmana que no pas tot l'estiu, tros d'ase —li va dir en Lluc.

En Nicolau no tenia ni ganes de barallar-se.

—Si només heu suspès les matemàtiques, i això ho sabré demà a la reunió de professors per examinar les notes, sí que ho podria fer.

—No paga la pena, però gràcies de tota manera —va insistir en Nicolau.

—Penseu rendir-vos? —els va mirar com si no s'ho pogués creure—. Una lectora de novel·les policíaques, un altre de ciència-ficció i un mag dels videojocs? M'ho esteu dient de debò, tot això? Tan covards sou?

Els havia tractat de covards.

En Felip Romero es va aixecar.

—Demà us en diré alguna cosa. I no acceptaré un no com a resposta. Són les vostres notes, d'acord?

Després va donar mitja volta i es va allunyar d'allà en direcció al cotxe, deixant-los absolutament aixafats.

Capítol

*(Quina hora és els 2/3 dels 3/4
dels 5/6 de les 12 de la nit?)*

5

Aquell vespre l'Adela va començar a llegir una novel·la policíaca. Quan ja passava a la pàgina vint va fer cara d'avorriment.

—L'assassí és en Jones aquell, segur —va rondinar.

No va saber si llegir la novel·la sencera, veient com era de previsible, o anar directa a les pàgines finals i, en cas d'encertar, passar de perdre el temps. Com que encara estava deprimida per tot allò de les matemàtiques va escollir la segona opció.

Va llegir l'últim capítol. L'assassí era en Jones.

—Ho sabia —va sospirar.

Va deixar el llibre a un costat i va treure el cap per la finestra. El seu pare estava a punt d'arribar i la primera cosa que faria seria preguntar-li com li havia anat l'examen de matemàtiques. Què li diria?

Estava segura d'haver aprovat la resta de les assignatures. Si en Flip complia la seva promesa i els donava una segona oportunitat per arrodonir aquells maleïts quatres...

Tal vegada algun dia recordaria amb simpatia els seus quasi tretze anys. Tal vegada. Però precisament ara mateix…

Davant de casa seva, a la cantonada, va veure el llum de l'habitació d'en Lluc encès. Se'l va imaginar fent el mateix que ella: devorant una novel·la de ciència-ficció. Però s'equivocava, en Lluc no llegia en aquest moment una novel·la de ciència-ficció, sinó de fantasia. Un món imaginari poblat d'éssers extraordinaris s'enfrontava a l'amenaça d'un eclipsi que congelaria el gran llac de la capital en segons. Amb prou feines havia llegit trenta pàgines de la història.

—Construeixen un mirall dalt d'una muntanya, ben lluny de l'eclipsi, perquè un eclipsi no és total a tot arreu, i envien els raigs solars reflectits cap a la ciutat per mantenir el llac calent.

Si tenia raó, el llibre perdia interès. I si no…

Cada cop li costava més de trobar bones novel·les de ciència-ficció i fantasia.

No estava d'humor per aguantar novel·les idiotes, de manera que va buscar el final directament, arriscant-se i fent cas del seu instint. No va trigar a trobar la frase: «Gràcies al mirall monumental construït al cim del pic de Gash, els mireians es van poder salvar i…».

—Si és que estava cantat —va tancar el llibre, meitat orgullós, meitat cansat, i va afegir—: Per què no puc veure les mates tan clares com veig tota la resta?

La vida d'un estudiant feia fàstic.

Algú va trucar a la porta de la seva habitació. D'un bot es va aixecar i va seure a la seva taula de treball, sobre la qual hi havia un llibre escolar obert.

—Sí?

El seu pare va entrar.

—Com t'ha anat l'examen de matemàtiques? —li va preguntar sense embuts.

—No ho sé. Justet, com sempre. Pot passar qualsevol cosa.

L'home va prémer els llavis.

—Ai, Senyor! —va deixar caure les espatlles.

Va tancar la porta de nou i el va deixar sol.

En Lluc va pensar en l'Adela i en Nicolau.

Precisament en Nicolau estava jugant amb un videojoc que li havia deixat el seu veí. Era bastant senzill, però com que no el coneixia encara lluitava amb els esquelets del món d'ultratomba per aconseguir emmagatzemar armes i talismans que li permetrien d'avançar fins al final. Ja havia perdut una vida.

En aquell instant van sortir dos esquelets de la part dreta de la pantalla, va fer un salt enrere i va xocar contra la paret, que se'l va cruspir sense deixar-ne ni rastre.

Era una altra trampa. L'havien mort. Au, a començar de nou.

Una oportunitat més. Sempre.

Es va recordar d'en Felip Romero.

—Ja us podeu anar preparant, sacs d'ossos —es va enfadar amb la seva pròpia inexperiència, tenint en compte com era de simple el joc.

Però continuava pensant en l'examen de matemàtiques i en la possibilitat que en Flip els donés una segona oportunitat. Potser allò ho canviaria tot.

No va dir algú que a la vida l'última cosa que es perd és l'esperança?

Capítol
(15/3 + 1/3 + 1/3 + 1/3)
6

Es van reunir al pati molt nerviosos després de les dues primeres hores de classe. Ni rastre d'en Flip. La primera reunió de professors per comentar les diverses notes i avaluar els resultats alumne per alumne ja devia haver acabat. Ara mantenien la il·lusió secreta que fos possible d'esmenar els seus errors.

—No crec que ens faci un altre examen —va dir en Lluc.

—No, això segur que no, però potser ens munta unes proves ràpides aquí mateix, com va fer ahir —va considerar en Nicolau.

—Sembles de més bon humor —va somriure l'Adela—. Voleu que us digui una cosa? Ahir vaig fer el joc d'endevinar el nombre amb els meus pares, i no vaig fallar ni una sola vegada! Es van quedar al·lucinats.

Jo els vaig fer el del nombre de monedes parell o imparell —la va secundar en Nicolau—, i també em va sortir rodó.

—Doncs jo li vaig posar, a la meva germana, la multiplicació amb el zero i la vaig deixar al·lucinada —va recordar en Lluc.

Semblaven satisfets de les seves petites victòries.

43

—Per què no ens va explicar aquestes coses a classe? —es va lamentar l'Adela—. Per què a classe tot són problemes i fórmules i coses per l'estil? Si ensenyessin les matemàtiques tot jugant seria ben diferent, n'estic segura.

En Lluc i en Nicolau van fer que sí amb el cap. Hi estaven d'acord.

De cop i volta va aparèixer en Felip Romero caminant a bon pas, amb una expressió animada i molt de nervi als seus moviments. Semblava que ell també els buscava, perquè en veure'ls va aixecar un braç i va anar cap a ells. Tots tres es van quedar sense alè en veient-lo avançar amb els seus cabells llargs ondejant al vent i el seu aspecte desmanegat.

—La sort ja ha estat tirada —va proclamar l'Adela, repetint una frase del protagonista d'una de les seves novel·les policíaques favorites.

En Felip Romero es va aturar davant d'ells. No va deixar d'exhibir el seu somriure triomfal. Va mantenir el suspens durant uns segons més.

—Què, què? —el va esperonar l'Adela, molt nerviosa.

—Us donaré una segona oportunitat —va proclamar el mestre.

—De debò? —en Nicolau va empal·lidir.

—Hem aprovat la resta d'assignatures? —va preguntar en Lluc.

—Sí, però això és un secret de tots quatre, d'acord? Oficialment jo no he dit res. No ho puc fer.

—I què els ha dit vostè quan li han demanat les nostres notes de matemàtiques? —va voler saber l'Adela.

—Doncs que ahir a la nit em trobava molt malament i no vaig poder corregir els exàmens —es va resignar—. No cal dir que m'han deixat com un drap brut.

—Ha arriscat la pell per nosaltres! —va exclamar l'Adela emocionada.

—Paga la pena o no? —la va interrogar el mestre.

—Vostè sí que és un paio com cal —va dir en Nicolau.

—Mai ningú no havia fet una cosa així per mi —va declarar en Lluc.

—Doncs ara depèn de vosaltres que la jugada em surti bé. Voleu una segona oportunitat o no?

—Sí —van manifestar tots tres sense dilació.

—Us aviso que no serà pas fàcil —els va prevenir—, però també us dic que serà el que us vaig dir ahir: un joc.

—No ens farà un examen?

—No, Adela. Els exàmens us bloquegen, oi? Doncs res d'exàmens. Això serà diferent, tot i que també hi haurà un límit de temps i us asseguro que us faré suar sang i aigua. Res de cinc problemes. En seran quinze.

—Quinze? —gairebé van cridar a l'uníson.

—Hi haurà vuit problemes de matemàtiques i set d'enginy, d'aprendre a pensar i a raonar. Si no resoleu una prova d'enginy no podreu arribar a la pista i al problema següents. Aquest és el truc. Però per descomptat per a una experta en criminals —va mirar l'Adela—, un expert en màquines i batalles galàctiques —va mirar en Lluc— i un jugador de videojocs ràpid i resolutiu —i finalment va mirar en Nicolau—, això hauria de ser peix al cove. Bufar i fer ampolles.

No sabien si era veritat o estaven somiant. Primer allò de la segona oportunitat, després l'entusiasme d'en Flip, i en tercer lloc, les quinze proves. O bé s'havia tornat boig… o bé els parlava seriosament. I feia l'efecte que es tractava d'això últim.

—I quan el farem? —va preguntar l'Adela.

—Demà dissabte ens veurem a l'esplanada a les nou del matí i us duré la primera pista i el primer problema. He de posar la resta a les diverses parts de la gimcana matemàtica que dureu a terme.

—Mare de Déu! —va gemegar en Nicolau.

—I no ens pot avançar res? —va proposar en Lluc.

—D'acord —es va resignar el professor—. Veniu aquí.

Van anar en un racó del pati. Hi havia massa animació a tot arreu a causa del final dels exàmens, de la imminència del cap de setmana, que començava a la tarda, i sobretot de la proximitat de les vacances d'estiu, ja gairebé a tocar.

Quan van estar tranquils i ben apartats de tothom, en Felip Romero va iniciar la seva exposició:

—Imagineu-vos que em maten —va dir amb un somriure irònic—. Què s'acostuma a fer en aquests casos?

—S'interroga els sospitosos —va respondre amb rapidesa l'Adela.

—I per què no resoldre el cas amb l'ajuda de les matemàtiques? Al cap i a la fi tot és qüestió d'elles, a més de la física i la química. Només l'assassí ha estat a la mateixa hora i al mateix lloc que l'assassinat. Hi ha un motiu, una emoció, una energia. El que us proposo és ben simple:

m'inventaré algú que vulgui matar-me, la qual cosa no és gens difícil, tenint en compte la quantitat de gent que em té mania.

—No cal que ho juri! —va remarcar en Nicolau.

L'Adela li va donar un cop de colze.

—No, no et preocupis, Adela. En Nicolau té raó —va arronsar les espatlles—. No podem agradar a tothom de la mateixa manera, ni caure bé als altres al cent per cent. És així, la vida —va reprendre el fil de la seva explicació—. Així doncs, una persona m'assassina. Jo us deixaré pistes a diversos llocs que vosaltres coneixeu, perquè trobeu els vuit problemes matemàtics que us donaran les vuit respostes de la combinació de les quals sortirà el nom del meu assassí. És ben senzill.

—Senzill? —en Nicolau va fer cara d'espant.

—Si fallem en una pista no trobarem el problema següent. És a dir, que si no resolem la primera prova ja no arribarem ni al segon punt —va deixar ben clar en Lluc.

—És aquest, el repte —va dir en Felip Romero.

—Però seran senzilles, oi? —va manifestar insegura l'Adela.

—Em sembla que sí, però tot depèn de vosaltres. Ens hem passat tot el curs fent més o menys aquestes coses —va insistir el mestre—. No obstant això, en aquest cas no perdeu de vista l'essencial: jugueu. No penseu en problemes, sinó en enigmes i endevinalles. Les pistes per trobar els problemes són de lògica pura, no de matemàtiques.

—Però llavors…

—Les regles són meves —va recordar ell—. O potser us penseu que perquè em caigueu simpàtics us ho posaré ben fàcil? Quants en coneixeu, que hagin tingut una segona oportunitat per aprovar les matemàtiques al juny?

Allò sí que era d'una lògica aclaparadora.

Ho posaven tot sobre una carta. O bé jugaven... o bé suspenien.

—Vostè s'ho passa bé amb això, oi? —va dir l'Adela amb els ulls brillants.

—M'ho passo d'allò més bé —va reconèixer en Felip Romero.

—La persona que l'haurà assassinat, la coneixem nosaltres? Ho dic perquè pot donar-se el cas que no sapiguem qui és i que pensem que ens hem equivocat i... —va vacil·lar en Lluc.

—No us preocupeu per això. No és important, però... sí, triaré algú que conegueu perquè sigui més emocionant.

—En Palmiro o la seva ex —va gosar dir en Nicolau.

L'Adela va tornar a donar-li un cop de colze.

—Vols parar, tia? —es va enfadar el seu amic—. Què he dit, ara?

Va sonar el timbre que anunciava el final de l'hora del pati. El professor de matemàtiques es va separar d'ells.

—Així doncs, hi estem d'acord?

—D'acord —va acceptar en Lluc.

El somriure final d'en Felip Romero els va ensenyar totes les dents, de tan obert com era.

Capítol

(Meitat de dotze en xifres romanes)

7

$$(XII = \frac{VII}{\Lambda II})$$

Es van reunir al solar immediatament després de dinar. Era divendres, prop de les tres de la tarda. No sabien si anar a estudiar o posar-se a jugar per tal de reduir la tensió i els nervis. No hi havia ningú a la vora, estaven sols.

—Què fem?

La pregunta d'en Lluc no va obtenir cap resposta immediata. Ni l'Adela ni en Nicolau no en tenien ni idea.

Estudiar un divendres a la tarda després d'haver acabat els exàmens faria que els seus pares es preguntessin si estaven malalts o bojos, o potser totes dues coses alhora. Però perdre el temps quan el dia següent es jugaven la pell en aquella competició estranya de proves matemàtiques i de lògica...

—Què ens deu estar preparant? —va murmurar l'Adela, nerviosa.

—Ja vau veure els jocs d'ahir —va dir en Nicolau—. Allò del zero en una multiplicació, del terç i mig, dels costats que sumen quinze... Segur que coneix una pila de trucs per l'estil.

—Doncs com se'ns giri el cervell ja hem begut oli —va recordar en Lluc.

—Creus que ens bloquejarem tots tres? —va dubtar l'Adela.

—Almenys estarem junts i tindrem tres caps per pensar, en comptes d'estar asseguts i amb la tensió d'un examen normal. I a més podrem parlar, i fins i tot anar a casa, agafar el llibre o revisar els apunts i resoldre amb calma cada problema —es va animar en Lluc.

—Però ha dit no sé què d'un límit de temps —en Lluc tenia un dia malastruc.

—Siguem optimistes, d'acord? —va protestar l'Adela—. No serà pas fàcil, i hi haurà trampes, però en Flip ha demostrat que ens fa costat i que és un paio com cal. Si suspenem serà perquè som rucs i prou. Però tinc el pressentiment que ho aconseguirem. És un joc! —va obrir els braços intentant donar-los ànim.

En Lluc i en Nicolau la van mirar amb ben poc entusiasme.

—No, si jugar no ens costarà res —va reconèixer el segon—. Però guanyar...

Van seure a les seves pedres respectives.

—Au, vinga, què fem? —en Lluc va repetir la pregunta inicial.

La resposta va ser el silenci. Almenys durant els cinc segons següents.

Ni tan sols podien imaginar-se que aquells eren els últims segons de pau que tindrien.

Perquè llavors va aparèixer ell, en Felip Romero.

I tot va començar.

—Què fa aquí, el profe? —es va estranyar l'Adela.

—Què li passa? —es va estranyar en Lluc.

—Per què camina així? —es va estranyar en Nicolau.

El professor de matemàtiques avançava cap a ells mig encorbat, amb els cabells encara més esbullats que de costum, ensopegant sobre el terra irregular del solar, amb la mà dreta al pit. Semblava un titella mogut pels fils d'una mà inexperta. Caminava de costat, ensopegava, es redreçava, continuava avançant… Fins i tot va caure de genolls un cop, tot i que es va aixecar gairebé a l'instant.

—Professor! —va cridar l'Adela.

—Es troba bé? —es va espantar en Nicolau.

—Que li fa mal res? —va començar a preocupar-se en Lluc.

Ja era a prop, a pocs metres, però ells estaven paralitzats. De sobte van veure la sang, la immensa taca vermella i fosca que amarava el pit, el ventre i la part superior dels pantalons d'en Felip Romero. També van veure el seu rostre demacrat, la seva expressió d'agonia, el dolor que l'inundava com una marea a punt d'engolir-se'l.

—Òndia!

—Ostres!

—Però què…?

En Felip Romero va caure als seus peus.

Llavors sí que van reaccionar, van saltar cap a ell i el van envoltar. El mestre estava de bocaterrosa, i li costava molt de respirar. Va ser en Lluc qui el va tombar, al final amb l'ajuda d'en Nicolau. Però quan van aconseguir deixar-lo de panxa enlaire, tots tres es van quedar muts de l'ensurt.

El professor de matemàtiques tenia tres ferides de bala ben visibles. Una al cor, una altra al bell mig del pit i una tercera a l'estómac. La sang rajava en abundància amb cada batec.

Es van trobar amb els seus ulls.

—Hola… nois… —va parlar amb debilitat.

Ells continuaven muts. Estaven petrificats.

—Havia de ser… un… joc… —va intentar somriure—, i ja… ho veieu…

Va tossir, i el dolor devia ser tan agut que es va cargolar en una ranera agònica. Un fil de sang li va aparèixer per la comissura dels llavis.

—Què li ha… passat? —va balbucejar en una exhalació l'Adela.

—M'han… dis… parat.

—Qui?

—El meu… assassí.

—Però qui és?

En Felip Romero va tornar a somriure.

—Nois… nois… —va gemegar—, és la vostra… oportu… nitat…

—De què parla? —es va estremir en Lluc.

El malferit va intentar retrobar una mica de calma entre la vida escassa que li quedava.

—He preparat les… proves… —va dir—. Tot està… a punt. Venia a dir-vos això i… llavors…

—Què? Què? —el va esperonar en Nicolau en veure que tancava els ulls com si anés a morir-se.

—Ha aparegut i m'ha disparat i… Déu meu, és estrany… Havia triat… aquella persona a l'atzar… i resulta que ha estat… ha estat… ella. Pre… cisa… ment… ella.

—Però qui és aquesta persona? —va cridar en Lluc.

En Felip Romero va moure el cap lentament cap a un i altre costat.

—Ho haureu… d'esbrinar… vos… altres.

—No foti, profe!

—Això és un cas d'assassinat!

—Ja no és un joc!

El professor va arronsar les espatlles.

—La vida, la mort… Tot és un joc, nois. Ja que… ja que tot està fet, les… pro… ves, les… pistes… tot… Per què no ho feu? Per mi, per vos… altres…

—S'ha tornat boig o què? —en Lluc es va negar a donar crèdit al que sentia.

—He acon… seguit… fugir, però… Aneu amb compte… Compte! Si m'ha… seguit… fins aquí…

—Profe, profe! —l'Adela el va sacsejar en veure que perdia el coneixement.

—Teniu temps… fins a les… sis de la tarda —va balbucejar en Felip Romero—. A les… sis… aquesta per… sona… se n'anirà.

Els seus ulls miraven guerxo, no podia fixar-los enlloc.

—No ens faci aquesta mala passada!

—Com vol que ens posem a buscar un assassí resolent proves matemàtiques i problemes de lògica, si vostè és mort?

—Qui ha estat? Qui?

—Jugueu… i guanyeu… No em falleu… Sé que podeu… i… i confio en vos… altres —va exhalar el professor—. Mireu a… la meva… butxaca. Demostreu que…

I allò va ser tot.

Va decantar el cap i dels llavis li va fluir el darrer sospir. En Lluc, en Nicolau i l'Adela es van mirar esbalaïts, aterrits, paralitzats.

—Òndia! —va exclamar en Nicolau.

—Això és un malson, no pot estar passant de veritat! —va dir en Lluc amb la boca seca.

—Senyor Romero… si us plau! —va començar a plorar l'Adela.

Era mort. Del tot. I boig fins al final.

—I ara què fem? —en Lluc a penes va poder parlar.

—Aquí hi ha el sobre —en Nicolau va assenyalar un rectangle blanc que li sobresortia de la butxaca dels pantalons.

L'Adela continuava plorant.

—Hem d'avisar la policia. Au, què esperem? —va sanglotar al caire de la histèria.

En Lluc es va aixecar. L'Adela el va imitar a l'instant.

—Ràpid, ràpid! —van donar pressa a en Nicolau.

El noi els va obeir, però abans, gairebé en un acte reflex, va allargar el braç i va extreure el sobre de la butxaca del mort. I llavors sí, tots tres van començar a córrer a la recerca de la llei.

Capítol
$(13^2 - 12^2 - 4^2 - 1)$
8

Van sortir del solar i van mirar a la dreta i a l'esquerra. El barri estava tan desert com sempre, i encara més en aquella hora. No tenien ni idea d'on trobar un cotxe patrulla de la policia, i tampoc no sabien a qui trucar. A les pel·lícules tot era molt fàcil, però a la vida real mai no s'havien trobat en una situació com aquella. Estaven molt impressionats, però també morts de por. Aterrits.

—Què fem? Comencem a córrer i a fer crits? —va vacil·lar en Lluc.

—Ens prendran per bojos. Hem de trobar la bòfia —va assenyalar en Nicolau.

—I si ens separem i...? —va començar a dir l'Adela. Però va callar. No volien separar-se.

En Nicolau encara duia el sobre a la mà.

—Vols fer el favor de guardar això? —es va estremir l'Adela negant-se a veure'l.

En noi va doblegar el sobre i se'l va ficar a la butxaca del darrere dels pantalons.

Ja hi tornaven a ser.

—Hem de fer-hi alguna cosa! —va insistir en Lluc.

—Anem cap a l'avinguda —va proposar l'Adela.

Era una idea i la van acceptar de bon grat. Van començar a caminar cap a l'avinguda, dos carrers més enllà. Tenien la vista clavada al terra. Ningú no va parlar fins que no van veure de lluny l'artèria urbana i el trànsit.

—Pobre Flip —l'Adela es va mossegar el llavi inferior.

—Que fort, no? —va panteixar en Nicolau a causa de l'esforç i de l'ensurt que encara impregnaven la seva veu.

—Però qui podria voler…? —en Lluc no va acabar de fer la pregunta.

—L'ha assassinat la mateixa persona que ell havia triat per al resultat final de la prova! Això vol dir que en el fons ell en sospitava alguna cosa! —va afirmar l'Adela.

—Però per què no ens ho ha volgut dir? Per què pretenia que descobríssim l'assassí? —en Nicolau va serrar els punys.

—No, el que volia era que aprovéssim. S'ha comportat com un profe fins a l'últim moment —va dir en Lluc—. Com que ja havia fet l'esforç de preparar totes les proves, ha volgut donar-nos l'oportunitat de…

—De què? De convertir-nos en herois? Perquè una altra cosa… —va insistir en Nicolau.

—Mireu allà! —va cridar l'Adela.

A la cantonada de l'avinguda amb el carrer de l'esquerra van veure un cotxe patrulla de la Guàrdia Urbana, que pel que fa al cas, ja faria el fet: eren agents de la llei.

—Som-hi! —en Lluc va arrencar a córrer.

Van recórrer els cent metres en un temps de rècord mundial, la qual cosa va servir a en Nicolau per recordar que córrer no era el seu fort. Quan van assaltar el cotxe patrulla, els nervis ja s'havien apoderat d'ells de nou. Van començar a parlar tots alhora.

—Han mort un home!

—Allà, al solar!

—Vinguin, ràpid!

—Era el nostre profe de mates!

—En Felip, en Felip Romero!

—No sabem qui ha estat, però molta gent l'odiava!

—La seva ex, en Palmiro, els de l'escola, el director, potser un professor…!

—Tres ferides de bala al pit!

—Ha estat terrible!

Van deixar de parlar, de cridar, més aviat, i de fer salts davant de la finestra del cotxe de la Guàrdia Urbana, quan es van adonar que els dos agents no movien ni un sol múscul de la cara.

Només els miraven com si fossin una colla de grillats que s'acabaven d'escapar del manicomi.

—Ei, que són sords? —es va enfadar en Lluc.

—Hi sentim perfectament. La pregunta és si vosaltres esteu de broma o què —li va engegar en un to poc amistós un dels agents.

—Han comès un assassinat. Han engegat tres trets a un home. És allà, al solar que hi ha darrere aquelles cases —l'Adela va assenyalar la direcció amb el dit, després de dir allò amb una calma insospitada—. I ara, volen venir amb nosaltres o no?

L'agent al volant va mirar el seu company.

—Endavant —aquest últim va arronsar les espatlles.

—Pugeu —els va ordenar el conductor.

Els nois els van obeir. Van pujar al darrere i es van quedar molt impressionats de ser on eren. El problema era que si algun conegut els veia i anava a xerrar-ho a les seves mares, es pensarien que els havien detingut a ells.

Ves quina gràcia.

La imatge d'en Flip mort els va fer recuperar el pes aclaparador de la realitat.

—Per on anem? —va voler saber el conductor del cotxe patrulla.

—Per aquí —va assenyalar en Lluc.

—I ara?

—A l'esquerra.

No conduïa amb una pressa excessiva. Ni tan sols havia posat en marxa la sirena. En Nicolau va estar a punt de recordar-li-ho, però es va estimar més no complicar les coses. Acabarien a comissaria prestant declaració fins qui sap quan.

—Allà —va dir en Lluc.

—Jo no vull veure'l un altre cop —va començar a tremolar l'Adela.

—Au, vinga —li va demanar en Nicolau—. Hi estem tots ficats, oi?

El cotxe patrulla es va aturar davant del solar.

—On és el cadàver? —va preguntar el conductor amb molta mala bava.

—Des d'aquí no es veu —en Lluc va tornar a conduir l'operació.

Van ser els primers a sortir del cotxe. Els dos agents els van imitar. Tots cinc van començar a caminar a poc a poc, ells tres perquè anaven recuperant la por de l'escena anterior i la imatge destrossada del seu professor o, més ben dit, del seu exprofessor, i els dos agents perquè no tenien altre remei que seguir-los.

Cada cop avançaven més lentament.

Sobretot quan van arribar a les pedres i van veure, a mesura que s'hi acostaven, la realitat nova i insòlita.

Que allà no hi havia ningú.

—Déu meu —va murmurar l'Adela en veu molt baixa.

—Ha... desaparegut —va murmurar en Nicolau en el mateix to.

—Segur que no era mort del tot i s'ha arrossegat...! —en Lluc va començar a buscar una resposta lògica.

Van arribar a les pedres. Tots tres buscaven el mateix: el rastre de sang que devia haver deixat el professor en arrossegar-se cap a algun lloc.

Però allà no hi havia ni una gota de sang.

—On és el mort? —el conductor va repetir la pregunta.

—Era aquí —va assenyalar l'Adela.

—Ho han netejat, fixeu-vos —va fer notar en Lluc.

—Això vol dir que... —va balbucejar en Nicolau.

—Vol dir que ens heu pres el pèl i que ja heu begut oli —va començar a cridar l'altre agent.

Anaven a posar-los les urpes al damunt.

En Lluc va ser el primer a reaccionar.

—Fotem el camp!

L'Adela també ho va fer, gairebé en una fracció de segon. Quan va començar a córrer, en Lluc ja li duia una gambada d'avantatge. En Nicolau va ser més maldestre.

—Ja et tinc! —va cantar triomfant el conductor mentre el subjectava pel coll.

—Nicolau! —va cridar en Lluc.

L'ostatge va passar un moment de pànic. Només un. Es va recuperar en sentir la veu del seu amic. Va ser com si rebés una ordre o una descàrrega elèctrica. Es va girar, li va clavar una bona puntada de peu a la canella i, just quan començava a fer salts sobre l'altra cama, encara subjectant-lo, li va clavar una segona puntada de peu.

L'arpa es va obrir.

I en Nicolau no va perdre ni un segon.

En la seva cursa accelerada gairebé va atrapar en Lluc i l'Adela, que li portaven un bon avantatge, mentre per darrere els crits dels dos agents de la Guàrdia Urbana s'elevaven en un accés d'ira per sobre dels seus caps.

Això sí, no els van disparar com van arribar a pensar.

Capítol
(26 de juliol de 1947)
9
(26 + 7 + 1947 = 8 + 7 + 21 = 36 = 3 + 6 = 9)

Esgotats, baldats, espantats, desconsolats i molts altres «ats», no van parar de córrer fins que no van ser prou lluny dels seus possibles perseguidors, tot i que sospitaven que aquell parell de ganduls no eren dels que corren gaire. A més, ho van fer en ziga-zaga, per si de cas, demostrant un coneixement perfecte del barri. Van acabar ficats en un portal que sempre era buit i que els servia de punt de reunió quan plovia.

Quan van aconseguir de compassar l'alè es van mirar els uns als altres esperant que algú trenqués aquella mena de catarsi.

I com gairebé sempre en aquelles circumstàncies, va ser l'Adela qui ho va fer.

—No hi era —va dir—. No hi era!

—Però nosaltres l'hem vist ben mort, oi? —va considerar en Nicolau.

—Si s'hagués arrossegat hi hauria un rastre de sang —en Lluc va deixar ben clara l'evidència.

—Això només pot voler dir… —L'Adela no va acabar la frase.

El mateix Lluc ho va fer.

—Ell ens ho ha dit, us en recordeu? —el seu rostre revestia una serietat absoluta—. Ens ha dit que s'havia escapat, però que potser l'assassí l'havia seguit.

—S'ha endut el cadàver mentre érem fora i ha netejat la sang, les empremtes del seu crim, les proves! —va cridar en Nicolau.

—Però quan la gent s'adoni que en Flip ha desaparegut... —va vacil·lar l'Adela.

—Ha dit alguna altra cosa abans de morir: que a les sis l'assassí marxava —els va recordar en Lluc.

—S'escaparà! —l'Adela va obrir la boca.

—Són les tres tocades. Amb prou feines falten tres hores, maleït siga! —en Lluc va expressar la seva ràbia.

—I com pretenia que nosaltres el trobéssim en aquest temps? —es va preguntar en Nicolau.

De sobte van recordar el joc, la prova, l'examen, el motiu pel qual estaven ficats en aquell embolic.

—No em digueu que... voleu que ho fem? —va tremolar en Nicolau en veure les cares de ràbia i de determinació dels seus dos amics.

—Escolta, col·lega —en Lluc li va passar una mà per damunt de les espatlles—: Encara hi ha una cosa pitjor.

—Què? —en Nicolau estava pàl·lid.

—Que l'assassí vingui a buscar-nos abans d'escapar-se.

—Per què? —en Nicolau es va espantar encara més.

—Perquè si ha seguit en Flip i ens ha vist parlant amb ell, el més segur és que pensi que ens ha revelat la seva identitat —li va aclarir l'Adela amb contundència—. No és segur, però no podem ignorar-ho.

En Nicolau es va deixar caure de cul, les cames ja no el sostenien.

—Això és massa —va balbucejar.

—És un embolic de cal Déu, sí —va reconèixer en Lluc.

—Però ell confiava en nosaltres —va dir l'Adela.

Una altra veritat inqüestionable.

Van sospesar-la en silenci.

—Creieu que podem? —va manifestar insegur en Nicolau.

—Per què no? —va dir l'Adela.

—Ell creia que sí —va assentir en Lluc.

—Sí, suposo que… li ho devem —en Nicolau va abaixar el cap amb tristesa.

No s'acostumaven a la idea que en Felip Romero, en Flip, el profe, fos mort. Assassinat.

I ells podien resoldre el crim.

Tenien la clau a les seves mans.

—Has tingut bons reflexos —va dir en Lluc a en Nicolau—. Si no hagués estat per tu…

—Obre el sobre —l'Adela va confirmar el que ja semblava inevitable.

En Nicolau es va ficar la mà a la butxaca dels pantalons. El sobre estava un xic arrugat i tenia el número 1 escrit a mà amb molta cura. Ell mateix el va obrir. A dintre hi havia un simple full quadriculat, de llibreta, també escrit a mà.

—Què hi diu? —el va instar l'Adela.

—Hi diu: «Jugueu net. No intenteu anar d'una pista a l'altra recollint els problemes per rcsoldrc'ls tots al final, perquè llavors no tindreu temps. Resoleu cada problema i després seguiu la pista fins al punt següent, on hi haurà un sobre com aquest. En total hi ha vuit problemes. Si els resoleu adequadament, amb les xifres obtingudes tindreu la clau, el nom de l'assassí que he seleccionat a l'atzar i que vosaltres coneixeu.»

—A l'atzar —va tremolar l'Adela—. Pobre!

—Si ho ha posat deu ser per algun motiu. Potser ja sospitava una cosa així —va vaticinar en Lluc.

—Diu que el coneixem —l'Adela va apreciar el detall.

—I ell a nosaltres també —es va preocupar en Lluc.

—Llegeixo el primer problema i la primera pista per trobar el següent? —va preguntar en Nicolau.

—D'acord —l'Adela i en Lluc van acceptar el repte.

La sort ja havia estat tirada. En Nicolau va llegir:

Problema 1: *Un comerciant guarda caixes en una habitació amb un buit central i ho fa com es veu al quadre.*

3	10	3	= 16
10	×	10	
3	10	3	= 16

16   16

El comerciant té una mania. Li agrada que les caixes sumin 16 en horitzontal i en vertical als extrems. Així doncs, cada cop que s'emporta caixes, ho fa de 4 en 4, per tal que la suma en horitzontal i en vertical continuï sent 16. Com ho fa? I, més important encara, quants cops podrà emportar-se 4 caixes i continuar sumant 16 en horitzontal i en vertical als extrems sense deixar cap espai lliure?

Pista per trobar el sobre número 2: *Resoleu el jeroglífic i sabreu on és.*

En Lluc i l'Adela s'havien assegut un a cada banda d'en Nicolau per estudiar el quadre del problema.

—Ja comencem —va dir el noi—. Això no és un problema de mates, és una altra endevinalla amb truc! Com voleu que resolguem aquest galimaties?

—Doncs apa que l'enigma, el jeroglífic o com es digui allò de sota... —l'Adela semblava disposada a rendir-se tot just començar.

En Nicolau mirava fixament els nombres 3 i 10 de les caselles.

—S'assembla una mica a aquell del 15, us en recordeu?

—Aquest és diferent —va protestar en Lluc—. En aquell calia distribuir els nombres de l'1 al 9 perquè sumessin 15 per totes bandes. Però aquí... Si ens emportem 4 caixes, com podem aconseguir que les que queden continuïn sumant 16? N'hi ha 4 menys, no? És impossible!

—Doncs segons l'enunciat, pel que es veu pots realitzar l'operació diverses vegades, perquè la pregunta és aquesta: quants cops pot emportar-se 4 caixes mantenint la suma de 16? —va indicar l'Adela.

—Si és possible, serà un cop —va rondinar en Lluc, molest.

—No podem arriscar-nos —va dir l'Adela—. Si un resultat està malament, suposo que al final fallarà tot. Els resultats de les vuit proves han d'estar interrelacionats.

—Nena, quan t'agafa per parlar fi! —va dir en Lluc en un to burleta.

—Au, va, no et fiquis amb mi, només intento ajudar, ser positiva!

—Tu, positiva? Però si estàs més desanimada que jo, i tot just comencem!

—Mira qui parla!

—Voleu fer el favor de callar? —va protestar en Nicolau, que continuava mirant fixament el quadre.

—Per què, coco? Que potser el saps resoldre? —el va desafiar en Lluc.

—Doncs mira, em sembla que sí.

Els va deixar de pedra.

—Ah, sí? —l'Adela es va mostrar incrèdula.

—En un videojoc hi havia una cosa semblant, tot i que no ho recordo gaire bé.

La possibilitat de resoldre el primer problema va fer que els nervis i la tensió s'esvaïssin del seu entorn.

Era el moment de la veritat.

O bé se'n sortien o bé hi renunciaven.

I llavors l'assassí del professor de matemàtiques s'escaparia.

—Cal treure caixes —va continuar en Nicolau—. Si en traiem una de cada pila de 10… en queden 9, i si sumem aquestes 9 a les 6 que queden… en tenim 15. I si en traiem 1 de cada quadre… ens n'emportem 8 en total i tampoc no sumen 16.

—En aquell joc del 15 calia repartir els nombres, us en recordeu? —l'Adela va arrufar les celles.

—No és pas el mateix —va dir en Lluc.

—Tota l'estona estem pensant només a treure —va advertir en Nicolau—. En aquell joc, una part dels totxos que l'heroi treia d'una banda els col·locava en una altra.

—Treure i col·locar? —en Lluc no ho va entendre.

—És clar! —en Nicolau va fer uns ulls com unes taronges—. Treure i col·locar!

—Com? —es va animar l'Adela.

—On n'hi ha més? —va preguntar en Nicolau. I ell mateix es va respondre—: als centres. I on n'hi ha menys? Als angles. Cal treure'n d'on n'hi ha més i col·locar-ne on n'hi ha menys! Teniu un boli?

No duien res per escriure. En Nicolau ho va fer al terra polsegós.

Primer va treure una caixa dels quatre deus. No era possible. Després en va treure dues de cada un i en va col·locar una més a cada extrem.

—Bingo! —va cantar feliç.

El quadre va quedar així:

—Quina passada! —va reconèixer en Lluc admirat.

—Molt bé, Nicolau! —l'Adela li va fer un petó ben fort a la galta.

—Hem tret 8 caixes, però n'hem col·locades 4, de manera que en realitat ens hem endut 4 caixes.

—Un cop! —va cantar l'Adela.

—Continua, continua —el va empènyer en Lluc.

En Nicolau va repetir l'operació:

$$
\begin{array}{|c|c|c|}
\hline
5 & 6 & 5 \\
\hline
6 & \times & 6 \\
\hline
5 & 6 & 5 \\
\hline
\end{array}
$$

$$
\begin{array}{cc}
16 & 16 \\
\| & \|
\end{array}
$$

(primera fila = 16, tercera fila = 16, columnes = 16 i 16)

—Dos cops! —va dir l'Adela.

—Increïble! Ens estem emportant caixes i continuen sumant 16! —en Lluc va fer cara d'esbalaïment.

—Ja ens va dir el profe que tot era com un joc. És un truc la mar de senzill! —l'Adela va mostrar-se feliç.

—Ja, però això encara està per veure —en Nicolau es va vantar de la seva deducció amb una força de superioritat aclaparadora.

El quadre següent va quedar així:

$$
\begin{array}{|c|c|c|}
\hline
6 & 4 & 6 \\
\hline
4 & \times & 4 \\
\hline
6 & 4 & 6 \\
\hline
\end{array}
$$

(primera fila = 16, tercera fila = 16, columnes = 16 i 16)

—Ja en tenim tres!

—Pots emportar-te 4 caixes més?

—Som-hi! —en Nicolau es va fregar les mans.

I amb el dit ja ben brut, va tornar a escriure els nombres a la pols.

$$\begin{array}{|c|c|c|} \hline 7 & 2 & 7 \\ \hline 2 & \times & 2 \\ \hline 7 & 2 & 7 \\ \hline \end{array} \quad {}^{=16}_{=16}$$

$$\underset{16}{{}^{\shortparallel}} \quad \underset{16}{{}^{\shortparallel}}$$

—Quatre cops!

—Doncs ja està. No n'hi ha més —va dir en Nicolau—. Si torno a emportar-me 2 caixes dels centres en quedarien 0 i, tot i que llavors als extrems n'hi hauria 8 i continuarien sumant 16, l'enunciat deia que no hi podia haver cap lloc buit.

—És veritat! —va dir l'Adela—. Ja no me'n recordava. Jo encara n'hauria tret quatre més. Bon treball, Nicolau!

—Molt bé! Segur que aquesta era la trampa final! —en Lluc li va donar uns copets a l'esquena—. I no hi hem caigut, profe!

El record del professor de matemàtiques mort els va refredar l'entusiasme.

Encara que el seu èxit, el seu primer èxit, era tot un homenatge a ell.

—Ara el jeroglífic —l'Adela, que era la més sensible en aquest cas, va intentar no tornar a caure en el desànim.

El van estudiar a fons per primer cop.

—No entenc res —va reconèixer el campió de la primera prova.

—Això d'aquí baix és l'escola, està clar —va assenyalar l'Adela.

—I el que hi ha a dalt de tot… què és? Sembla una fusta.

—És una fusta —va indicar ella—. Una taula o alguna cosa per l'estil.

—I el que hi ha al mig? —va preguntar en Nicolau.

—Són anuncis, no? «Es busca tal», «Es necessita tal altre»… —va temptejar en Lluc.

—Una taula de fusta, uns anuncis, l'edifici de l'escola… —va repetir l'Adela.

Van començar a sentir unes vibracions, una picor inquietant.

—Escola, anuncis, taula —va dir en Nicolau—. Escola, anuncis, taula.

—Taula, anuncis, escola —en Lluc ho va repetir en l'ordre correcte.

—El tauler d'anuncis de l'escola! —va cridar l'Adela.

I tenia raó.

Així de fàcil.

—Anem-hi, ràpid! —en Lluc va ser el primer a arrencar a córrer.

Capítol
$(10 - 8 + 6 - 4 + 2 - 4 + 6 - 8 + 10)$
10

—Quant de temps hem trigat a resoldre la primera prova?

—És millor no mirar el rellotge; si no, acabarem tan nerviosos que no ho aconseguirem pas.

—Sí, als exàmens ens passa això. El rellotge no para de córrer i córrer i córrer i nosaltres ens quedem com morts.

—No ha estat tan difícil, oi?

—Home...

—No, si ara que ja l'hem superada, sembla fàcil, oi que sí?

—Ja, però quan hem llegit la pregunta i hem vist el jeroglífic...

—Oi que semblava impossible?

—Totalment!

—Jo estic la mar de contenta.

—Si no fos pel que ha passat amb en Flip.

—Au, va, hem de trobar aquest porc.

—O porca.

—No pots córrer més, Nicolau?

Parlaven i corrien. L'escola no era lluny, però ara, en aquella cursa contrarellotge, cada segon comptava i podia ser la diferència entre atrapar l'assassí i permetre que s'escapés.

Allò també els feia reflexionar.

—I per què s'ha d'escapar a les sis?

—Sí, això. Per què?

—Potser ha d'agafar un avió que surt a aquella hora.

—O un vaixell.

—O...

—Encara queden set problemes, no diguis blat que no sigui al sac i ben lligat —va dir en Nicolau.

L'Adela i en Lluc el van mirar amb cara d'enuig per haver-los aixafat la guitarra després de superar tan bé la primera prova. El noi corria al límit de les seves forces i, com que era el més grassonet, estava congestionat i vermell com un tomàquet.

—Ja gairebé hi som! —va dir en Lluc.

—És tancat? —es va alarmar l'Adela.

—No, segur que no —els va tranquil·litzar en Nicolau.

Ni tan sols van alentir la marxa desaforada quan van arribar al centre en el qual passaven tantes hores al dia intentant aprendre coses. Van entrar per la porta exterior i van travessar el pati com esperitats. Aquest cop l'Adela i en Lluc ja no van esperar en Nicolau. Es van avançar amb quatre gambades fins que van entrar a l'edifici per la porta principal. Un cop allà van parar de córrer, no fos cas que algú els veiés i se les carreguessin. Al director no li agradaven les curses per les zones comunes.

El tauler era allà mateix, a l'entrada, a la dreta.

S'hi van acostar, buscant...

—Aquí el tenim! —l'Adela va cantar victòria.

En efecte, un sobre assenyalat amb el número 2 destacava de les ofertes, les peticions, els prospectes i la resta d'espècimens escrits que poblaven el tauler d'anuncis. Estava clavat a l'angle superior esquerre amb una agulla de cap gros i verd.

En Lluc el va agafar.

—L'obrim aquí mateix o...?

—No —va dir l'Adela—. Primer sortim d'aquí.

Es va estremir com si...

Van sortir d'allà tots tres. El sobre els cremava a les mans, es delien per enfrontar-se a la segona prova. No van anar gaire lluny. Tot just tombar la cantonada més pròxima al carrer del davant, es van asseure a terra. En Lluc va obrir el sobre. A dintre hi havia un altre full quadriculat, com el primer. I va llegir:

Problema 2: *Dels 60 alumnes que practiquen esport en una escola, el 55 % juguen a futbol, el 24 % juguen a bàsquet i el 6 % es dediquen a la natació. Quants alumnes juguen a tennis?*

Pista per trobar el sobre número 3: *Un home vol deixar de fumar i pren la determinació de fer-ho. Mira les seves reserves i veu que li queden 27 cigarretes. Es diu: «Me'ls acabo i ho deixo.» Però quan ja s'ha fumat les 27 cigarretes s'adona que amb tres burilles pot fer una cigarreta més, de manera que continua fumant fins que* *només li queda una burilla. Quantes cigarretes haurà fumat en total?*

Fumar és dolent. Així doncs, no us aconsello que resolgueu el problema fent-ho. D'acord?

—Aquests semblen fàcils —va exclamar bocabadada l'Adela.

—Sí, oi? —es va animar en Lluc.

—Segur que tenen trampa —en Nicolau continuava mostrant-se pessimista malgrat l'èxit que havia tingut amb el primer problema.

—Necessitem un boli o un llapis o el que sigui —va protestar en Lluc.

—Ja hi vaig jo. Espereu-me —es va oferir l'Adela.

Es va aixecar i va tornar a córrer cap a l'escola. En Lluc i en Nicolau es van quedar sols.

—L'esperem? —va voler saber el segon, impacient.

—Per resoldre el problema necessitem escriure, però per a l'enigma de les cigarretes no. Vejam… Tu pren nota mentalment.

—D'acord.

—Si es fuma les 27 cigarretes té 27 burilles, i com que amb 3 burilles fa una altra cigarreta, resulta que… 27 dividit per 3… aconsegueix de cargolar 9 cigarretes més.

—Això són 36 cigarretes —va sumar en Nicolau.

—Amb les 9 burilles que sobren fa 3 cigarretes més.

—Que sumades a les 36 primeres fan 39.

—Però amb aquestes tres cigarretes en fa una més, l'última.

—És a dir, que se'n fuma 40 i li sobra la burilla final! —en Nicolau va saltar d'alegria al mateix terra.

—Era molt fàcil, oi? —va fatxendejar en Lluc.

L'Adela ja tornava a corre-cuita. Duia un boli a la mà. Quan va aterrar al seu costat li van indicar els progressos que havien fet.

—Ja hem resolt la pista per trobar el sobre següent! —va dir en Nicolau.

—I no m'heu esperat? —en lloc d'alegrar-se'n, l'Adela es va enfadar—. Quina barra!

—Caram, no sabíem que t'interessessin tant les mates —es va defensar en Lluc.

—Ho hem fet per guanyar temps —en Nicolau va fer el mateix.

Quan l'Adela s'enfadava, ho feia de debò.

—A veure, expliqueu-m'ho. Només per assegurar-me que ho heu fet bé —continuava picada.

Li van explicar com havien resolt el problema de les 27 cigarretes i les burilles. El resultat era bo, 40 cigarretes.

—I això és una pista? —es va estranyar la noia.

Era ben cert. 40 no era el resultat d'una de les proves del cas, sinó una pista per trobar el tercer sobre.

—A algú li sona alguna cosa que estigui relacionada amb el número 40? —en Lluc es va alarmar davant d'aquella pista tan insòlita.

—I no diu res més, l'enunciat? —en Nicolau va agafar el paper de les mans al seu company i el va llegir lentament.

—Res.

Tots tres es van mirar, preocupats.

—Ja sabia jo que... —en Nicolau va començar a desanimar-se.

—Au, va! —el va aturar l'Adela—. Concentrem-nos. Si la pista és aquesta, el nombre 40, és perquè en Flip sabia que un dels tres ho entendria.

—Jo visc al número 52 del meu carrer.

—Jo al 79.

—Jo... —l'Adela va empal·lidir de cop.

—Què passa? —la va esperonar en Lluc en veure la cara que feia.

—El meu armariet de l'escola! —va cridar ella—. És el número 40!

—Molt bé! —en Nicolau estava a punt de posar-se dret.

—Ep, espera —en Lluc el va agafar pels pantalons i el va obligar a seure de cop—. Hem de resoldre el problema.

—Anem a buscar el sobre i resolguem tots dos problemes alhora!

—No, que ens farem un embolic! —l'Adela es va mantenir ferma—. El mateix Flip ens va dir que actuéssim correctament i pas a pas. De moment anem bé, però encara no som genis matemàtics. D'acord?

En Nicolau ho va acceptar de mala gana.

—D'acord —va tornar a seure.

—A veure el problema —en Lluc va reprendre el fil del moment.

L'Adela tenia el bolígraf, així doncs va agafar el full.

—Això és molt fàcil —va afirmar.

Va començar a fer càlculs en silenci i a guixar el paper. En Nicolau i en Lluc van intentar seguir les operacions que feia.

—Digues què fas, no? —es va interessar el primer.

—Mireu —l'Adela ho va repetir tot en veu alta per tal d'estar segura dels seus càlculs—. Si el 55 % juguen al futbol, el 24 %, a bàsquet, i el 6 % fan natació... això és el 85 % del total. És a dir que els que juguen a tennis són un 15 % dels 60 alumnes. D'acord?

—D'acord —van fer que sí amb el cap.

—Així doncs, tenim...

L'Adela va fer l'operació aritmètica:

$$\frac{x}{60} = \frac{15}{100}$$

—Per la qual cosa, tenim que x... —va continuar:

$$x = \frac{15 \times 60}{100}$$

—I ja està! —va fer un somriure d'orella a orella després de fer la multiplicació de 15 × 60 i dividir-ho per 100—. El resultat és... 9!

Es van mirar els uns als altres, molt emocionats.

—Ja en tenim dues —va dir en Lluc.

—Dues de dues —va voler deixar ben clar en Nicolau.

—Som uns genis —va entonar l'Adela, com traient importància a la cosa.

—És que fer-ho així, en lloc d'un examen...

—I tots tres junts...

—I doncs? Es pot saber què esperem? Que ens tirin floretes?

La tercera prova!

L'armariet número 40!

Es van aixecar del terra i van córrer de nou en direcció a l'escola.

Capítol
($\sqrt{121}$)
11

Es van aturar davant de la porta.

—Serà millor que hi vagi jo sola —va advertir l'Adela—. Com que aquesta tarda no hi ha classes, seria sospitós que ens veiessin a tots, mentre que si algú em fa cap pregunta només cal que li digui que vaig a buscar una cosa al meu armariet.

—D'acord, t'esperem a la porta —en Lluc s'hi va avenir.

L'Adela va entrar a l'edifici de l'escola. Hi havia un silenci estrany. Era inquietant. Aules buides, els professors repassaven exàmens i es reunien per parlar de notes. Ni tan sols hi havia el bidell, el senyor Josep, que feia de zelador, s'encarregava de l'ordre, d'obrir i de tancar portes, d'arreglar ara això, ara allò. La diferència amb les hores lectives, durant les quals allò era com un esclat immens d'energia, es feia palesa.

Gairebé va sentir por.

Sense saber per què.

Va pujar al seu pis. Era força inusual que tinguessin armariets, perquè a les dues escoles on havia estat anteriorment no n'hi havia. Però allà era ben diferent. No eren com els de les pel·lícules americanes, de metall, omplint els passadissos, però també resultaven útils, tot i que la fusta era vella i qualsevol podia despanyar-ne un, si realment hi posava interès.

Va entrar a la seva classe i es va dirigir al fons. Al seu armariet, el número 40, hi tenia un cadenat amb una combinació de nombres. Hi va inserir la clau, 7-5-9, i el va obrir.

Es va aguantar l'alè.

El sobre, amb un 3 escrit a mà ben visible, era allà. El professor de matemàtiques l'hi devia haver introduït a través de la ranura superior o inferior.

El va agafar, va tancar l'armariet, va tornar a posar el cadenat, va fer girar les rodetes amb els nombres de la combinació i es va disposar a sortir. Encara no havia fet mitja dotzena de passes al passadís, a punt de baixar les escales, quan una veu la va aturar.

—Ep, noia!

Es va quedar paralitzada en reconèixer la veu.

Va girar el cap.

El director de l'escola, en Marià Fernández, caminava cap a ella.

—Què hi fas, tu, aquí?

—Jo? —es va posar nerviosa, molt nerviosa—. No res.

—Què és això? —el director va assenyalar el sobre que encara duia a la mà.

—Uns... apunts que tenia a l'armariet —va intentar actuar amb tota la naturalitat del món.

I si li demanava el sobre i l'obria...

Molt bé, i què? Només seria un problema de matemàtiques i una nova clau per trobar el sobre número 4. De què tenia por? De l'autoritat? De la cara de mala bava del director? O potser li feia por que li prengués el sobre o que perdessin un temps molt valuós?

L'home continuava mirant-la de fit a fit.

—Quan us veig amb aquesta pinta de no haver trencat mai cap plat... —va fer cara de no creure's la meitat de les coses de la vida—. Au, vés-te'n.

L'Adela no li va donar l'oportunitat de canviar de parer. Li va dedicar un somriure prudent, li va llançar un «Gràcies» discret i un «Bona tarda» ben educat i va baixar les escales amb aplom fins que, en perdre de vista l'ombra del director, va arrencar a córrer de nou. En Lluc i en Nicolau l'esperaven ansiosos.

—Per què has trigat tant?

—No et recordaves de la teva combinació o què?

—No tenim tot el temps del món, saps?

—No podem perdre ni un minut!

L'Adela els va mirar enfadada.

—M'ha enxampat el dire —els va informar.

—No!

—I què...?

—No res —els va plantar el sobre davant dels nassos—. Però he tingut un ensurt de mort, m'ha preguntat que què era això i jo li he dit que eren apunts. Què volíeu que fes, que arrenqués a córrer?

—Bé, l'important és que el tenim —va sospirar en Nicolau.

—Molt bé, Adela! —en Lluc va donar un cop de colze afectuós a la seva companya.

—Tornem on érem abans —es va oblidar dels nervis que havia passat.

Li van fer cas i es van asseure a terra, al mateix lloc on havien resolt el segon problema i endevinat la pista del sobre que ara era al seu poder.

Aquest cop va ser l'Adela qui el va obrir, va extreure'n el full corresponent i va llegir-ne el contingut:

Problema 3: *En una classe hi ha més de 40 alumnes, però menys de 50. Si els agrupem de 3 en 3, en sobra 1. Si els agrupem de 4 en 4, en sobren 2. Quants alumnes són nois si hi ha 27 noies?*

Pista per trobar el sobre número 4: *Aneu aquí tenint en compte les inicials: 5/.51513 9.D.*

El problema semblava senzill, sobretot tenint en compte que hi eren tots tres. Però un cop més la pista els va semblar un galimaties. Es van quedar pendents d'ella durant uns segons.

—On vol que anem? —va exclamar en Nicolau perplex.

—La clau és a les inicials, segur —va assenyalar en Lluc.

—Resolem primer el problema? —va proposar l'Adela.

—No, espera —en Lluc la va aturar en veure que ja tenia el bolígraf a la mà.

—Si ens capfiquem en una cosa i ens posem tossuts…
—va advertir la noia.

—Fixeu-vos —va continuar en Lluc—. Això sembla una adreça.

S'hi van fixar bé.

—Sí, hi ha un 5, una barra i un punt, com quan escrivim el carrer en una carta —va manifestar en Nicolau.

—I al final, en lloc de número tal, escrit amb l'ena minúscula i el punt, hi ha un número i una lletra.

—Passa'm el boli —va demanar en Lluc a l'Adela.

Ella ho va fer i el noi va anotar al full:

ZUDTQCSSVN

—Què és això? —en Nicolau es va quedar parat.

—Les inicials dels nombres del 0 al 9.

—Llavors si les canviem pels nombres… —va començar a entendre l'Adela.

En Lluc va fer les permutes.

—El 5 comença per ce. Així doncs, ja tenim C/. —la seva mà sobrevolava el paper amb rapidesa—. Després ve un altre 5, és a dir, una altra ce, l'1 és la lletra u, el 5 és de nou la ce, l'1 ja hem dit que era la lletra u, i el 3 és la te. Pel que fa al 9.D, és ben bé al contrari. El nou és la ena i la de final només pot ser un 2, ja que és l'únic nombre que comença per aquesta lletra. Això ens dóna…

C/. CUCUT N. 2

—És l'adreça del profe! —va saltar l'Adela.

—Com ho saps? —va preguntar en Lluc.

—Perquè un dia parlàvem d'ocells a classe de naturals. Jo li vaig dir de broma que a casa en tenia un, el del rellotge de cucut que tenim al saló, i ell em va dir: ves quina coincidència, jo visc al carrer del Cucut!

—És veritat! —en Nicolau hi estava d'acord.

—Però jo no recordo res —es va estranyar en Lluc.

—Potser aquell dia estaves malalt. Al gener vas tenir la grip.

Però allò no era rellevant. Ja tenien la pista per trobar el quart problema.

Tot i que encara havien de resoldre el tercer.

—Au, vinga —en Nicolau els va activar—. Vejam què passa amb els nois i les noies de la classe aquesta.

—Existeix cap fórmula matemàtica per plantejar això? —en Lluc els va mirar a tots dos.

—Deixa'm —l'Adela va recuperar el seu bolígraf—. Deu ser un càlcul de probabilitats o alguna cosa per l'estil.

—Ah —en Nicolau i en Lluc es van mirar sense entendre gaire bé de què anava la cosa.

—A veure —va començar la seva amiga—. En primer lloc cal buscar els nombres compresos entre el 40 i el 50 que siguin múltiples de 3 i sumar-los 1, que és el que sobra segons l'enunciat. El primer seria... a veure... —va fer el càlcul mentalment—. 12 per 3, 36... no. 13 per 3, 39... no. 14 per 3, 42... Sí, aquest és el primer.

I va anotar aquest nombre i els següents que complien les condicions.

$$42 + 1 = 43$$
$$45 + 1 = 46$$
$$48 + 1 = 49$$

—No n'hi ha més —va dir.

En Lluc i en Nicolau seguien atentament les seves operacions, intentant atrapar-la. Quan van entendre el que la noia estava fent la cara se'ls va il·luminar.

—Ara només cal buscar tots els nombres entre el 40 i el 50 que són múltiples de 4 i sumar-los 2. El que coincideixi...

El primer que va escriure, després de multiplicar mentalment per 4 dues o tres vegades, va ser el 40:

$$40 + 2 = 42$$
$$44 + 2 = 46$$
$$48 + 2 = 50$$

—Coincideix el 46! —va fer notar en Nicolau.

—Doncs aquest és el nombre que busquem —l'Adela va expressar la seva satisfacció—. L'únic que coincideix en tots dos plantejaments. Si agrupem els alumnes de 3 en 3, formem 15 grups de 3 i en sobra 1, l'alumne 46. Si els agrupem de 4 en 4, podem formar 11 grups de 4 i en sobren 2 fins al 46.

—Així doncs, la resposta final és... —en Lluc va fer la resta ràpida—. Si 27 són noies i hi ha 46 alumnes, el nombre de nois és 19!

—Ja en tenim un altre! —en Nicolau va serrar els punys.

—Visca! —va cridar l'Adela.

Ja tenien una cita al carrer del Cucut, número 2, així doncs no es van entretenir més i hi van fer cap.

Capítol
(1 × 11 × 111 × 1.111 ×
× 11.111 − 15.072.415.929)
12

—**O**n és aquest carrer? —va preguntar en Lluc en veure que l'Adela agafava les regnes del grup.

—És a prop. Jo el conec —va dir ella—. La meva cosina viu allà a la vora.

—No podem agafar un taxi? —va protestar en Nicolau.

—Que tens diners, tu? —en Lluc va arcar les celles.

—Jo, diners? Sí, home!

—Doncs llavors... —es va resignar en Lluc.

—Hi haurem d'anar en el cavall de sant Francesc —va dir l'Adela.

—En el cavall de sant Francesc? —en Nicolau va arrufar les celles.

—Sí, home, sí, caminant —l'Adela va esclafir a riure.

—Que graciosa! —en Nicolau va fer una ganyota.

—D'on ho has tret, tu, això? —en Lluc també va riure.

—Del meu avi. És un pou de frases, dites i refranys. M'encanta escoltar-lo.

—Quina sort que tens —en Lluc va abaixar el cap—. El meu avi patern es va morir quan jo encara duia bolquers, i el pare de la meva mare viu a l'altra punta del país, així doncs… només el veig uns dies a l'estiu i poca cosa més.

—A mi m'encanten els meus avis —va confessar l'Adela.

—I a mi els meus, sobretot el matern —en Nicolau, ja recuperat, es va afegir a la conversa—. Com que havia estat músic quan era jove, m'explica unes històries que et pixes de riure.

—Alça Manela! Que n'ets, de fi! —va rondinar ella.

—Vostè perdoni, eh? —en Nicolau va fer cara d'exquisidesa extrema.

—Ei —els va interrompre en Lluc—, què us penseu, que tots els problemes i les pistes seran tan senzills com ho han estat fins ara?

—Senzills? —en Nicolau li va demostrar que no hi estava gens d'acord—. Ara no em diguis que allò de les caixes del principi era senzill!

—Doncs apa que el jeroglífic aquell… —va continuar l'Adela—. I la pista del carrer del profe…

—Tenint en compte com som de rucs, haver resolt tres problemes ja és molt, així doncs deuen ser senzills —en Lluc va justificar el seu comentari.

—Tranquil, que ja ens trobarem amb alguna mala jugada —va sentenciar l'Adela.

—Vols dir? —es va inquietar en Nicolau—. En Flip semblava disposat a ajudar-nos.

—Però no podia posar-nos-ho tan fàcil, segur —va insistir l'Adela.

—Bé, doncs, i si deixem de parlar i correm una mica? Perquè al pas que anem no hi arribarem —va proposar en Lluc.

Fins i tot en Nicolau, que era enemic de les curses, va entendre que el seu amic tenia raó. Van forçar la màquina i van començar a trotar, com si fessin fúting. Ja no van parlar més fins que, menys de deu minuts després, l'Adela va assenyalar el carrer al qual s'acostaven.

En Nicolau estava vermell, congestionat, sense alè, a punt de defallir.

—Doncs... en... ca... ra... sort... —va esclatar, al límit de les seves forces.

El número 2 del carrer del Cucut era la primera casa. Es van aturar al portal i la van contemplar mentre s'adonaven que no sabien què més havien de fer. La pista només deia allò: carrer del Cucut, número 2.

Van mirar el full de nou a la recerca d'algun detall addicional.

—No hi diu res més. Només «Aneu aquí» —va citar l'Adela.

—On deixaries un sobre, tu? —va raonar en Lluc en veu alta.

—Dins el pis, segur —va sentenciar en Nicolau—. I com que no hi ha ningú...

—No pot ser que l'hagi deixat dins el pis —va dir amb més esperança que seguretat l'Adela.

—Doncs aquí no hi ha tauler d'anuncis —va sospirar en Lluc.

—Però hi ha bústies! —va exclamar de sobte en Nicolau.

—Van llançar-se cap a l'interior. Les bústies eren a la dreta de l'entrada. Van buscar la del professor Felip Romero i quan la van trobar gairebé van cridar de l'alegria: de la boca del receptacle metàl·lic sortia la part superior d'un sobre.

—Sobre número 4, tatxan! —l'Adela el va treure.

—Sortim d'aquí, ràpid —va demanar en Nicolau.

Ho van entendre en veure-li la cara. S'oblidaven d'una cosa: que el seu mestre era mort i que ara eren a casa seva. Van sortir de l'edifici i se'n van allunyar prou per no veure'l. En una altra cantonada, es van seure a la vorada, entre dos cotxes aparcats. L'Adela va obrir el sobre i en va extreure el full quadriculat. Tots tres gairebé s'aguantaven l'alè mentre llegien:

Problema 4: Un home té 70 anys i el seu fill, 20. Quants anys hauran de transcórrer perquè l'edat del pare tripliqui la del fill?

Pista per trobar el sobre número 5: Busqueu a la cantonada el [(37.624.806 − 19.592.905) × 2 + 9.594.198] / / 200 − 226.289.

Nota: *«Molt fàcil», d'acord? (Ha, ha, ha!)*

—Quina mena de pista és aquesta? —en Nicolau va fer cara de fàstic.

—Sumes, restes, multiplicacions i divisions, home. Bufar i fer ampolles —li va fer veure l'Adela.

—Doncs el problema és força senzill. Va ser l'únic que vaig resoldre de seguida a l'examen —va dir en Lluc.

—I jo —va afirmar en Nicolau.

—I jo —l'Adela no volia ser menys.

Es van mirar alarmats.

—Massa fàcil, no us sembla?

—Bé, de moment.

—Falten quatre problemes i tres pistes més.

Van tornar a llegir l'enunciat a poc a poc, per tal d'intentar detectar una possible trampa al problema o a la pista. Tot continuava semblant la mar de senzill.

Ja ho deia la nota a peu de pàgina.

—I a sobre es permet el luxe de fer broma —en Lluc va moure el cap horitzontalment.

—Era un cràpula —va reconèixer en Nicolau.

—Au, va —es va estremir l'Adela—. Qui té el boli?

—Tu! —li van dir els seus dos amics a l'uníson.

Ella mateixa va procedir a la resolució de la senzilla equació, tot i que aquest cop en Lluc i en Nicolau també li anaven dient les xifres, només perquè quedés ben clar que ho sabien fer. Primer es va plantejar la incògnita:

$$70 + x = 3(20 + x)$$

Després van començar les operacions. Primer:

$$70 - 3(20 + x) - x$$

Segon:

$$70 = 60 + 3x - x$$

A continuació:

$$70 = 60 + 2x$$

En quart lloc, perquè anaven pas a pas, per tal de no equivocar-se:

$$\frac{70}{2} = \frac{60}{2} + x$$

La penúltima operació:

$$35 = 30 + x$$

I finalment:

$$35 - 30 = x$$

D'on s'obtenia que x era igual a 5.
—5 anys —va concloure en Lluc.

—Quan el pare tingui 75 anys, el fill en tindrà 25 —en Nicolau va demostrar la seva habilitat mental.

—Quatre de quatre. Ja som a la meitat —va dir l'Adela.

—Ara la pista —li van donar pressa els dos nois.

—Per què no sumeu, resteu, multipliqueu i dividiu vosaltres? —va protestar la noia.

—Passa-me'l —es va oferir en Nicolau.

—Gràcies, senyor solidari! —va adornar les seves paraules amb una veu de cantant d'opereta.

En Nicolau va col·locar les primeres xifres una a sobre de l'altra i va iniciar els càlculs. Els altres dos el supervisaven per tal que no s'equivoqués amb tantes xifres.

$$
\begin{array}{rr}
 & 37.624.806 \\
- & 19.592.905 \\
\hline
 & 18.031.901 \\
\times & 2 \\
\hline
 & 36.063.802 \\
+ & 9.594.198 \\
\hline
 & 45.658.000 \\
./. & 200 \\
\hline
 & 228.290 \\
- & 226.289 \\
\hline
 & 2.001 \\
\end{array}
$$

—Que n'és, de pèrfid, en Flip! —va esbufegar en Nicolau en arribar al final de les operacions, inclosa la divisió per 200, feta a part.

—Doncs tenim un altre nombre que Déu n'hi do —l'Adela es va quedar perplexa—. Què és 2.001, i a quina cantonada l'hem de buscar?

Es va trobar amb els somriures mig burletes, mig de suficiència dels seus col·legues.

—Au, llestos, canteu —va sospirar.

—No et sona, això del 2.001? —va entonar en Nicolau, melós.

—Gens ni mica? —en Lluc es va fer carregós.

—Doncs no... —la cara de l'Adela va canviar de cop i volta en il·luminar-se-li el cervell. Davant mateix tenia la matrícula d'un cotxe amb una lletra al principi, dues al final i un número de quatre xifres al mig—. El cotxe del profe!

El Galàctic, l'Odissea. Ni més ni menys.

Es van posar drets i van mirar les quatre cantonades del carrer. La vella cafetera d'en Flip era en la que feia diagonal amb el seu. En dos salts es van plantar al costat del vehicle i van mirar a l'interior.

El sobre assenyalat amb el número 5 es trobava al seient del conductor.

—I ara què fem? —l'Adela va deixar caure les espatlles.

—O trenquem una finestra o... —va barrinar insegur en Lluc.

—No siguis animal, home —li va engegar la noia.

—A ell segur que tant se li'n dóna —va dir el noi amb molta tristesa i una mica d'angoixa—. I necessitem…

Ara qui els observava amb suficiència era en Nicolau. En adonar-se'n, van deixar de discutir.

—Que potser us penseu que va deixar el sobre allà dins perquè no el poguéssim agafar? —va fatxendejar ell.

I va obrir la porta del cotxe.

Com si res.

—Era oberta! —es va sorprendre l'Adela.

—Qui voleu que robi aquesta andròmina? —va argumentar en Lluc.

En Nicolau ja tenia el sobre a la mà. Van tancar la porta.

Després van tornar a la vorada a examinar el cinquè problema.

Capítol

(Com s'escriu 13 amb quatre uns?)

13

(11 + 1 + 1)

—Que sigui com aquest, sisplau, que sigui com aquest! —l'Adela va ajuntar les mans i va tancar els ulls, molt nerviosa.

—I la pista també, au, va! —en Lluc la va acompanyar.

—En Nicolau no va parlar.

—Au, va, llegeix! —l'Adela li va clavar un cop de colze pel seu costat.

—Vinga, home! —en Lluc li'n va clavar un altre per l'altre costat.

—D'acord, pareu de donar-me cops de colze, caram! —va cridar el noi, al mig dels altres dos. I va llegir:

Problema 5: Ara us proposo tres proves de càlcul mental i INTEL·LIGÈNCIA (sabeu què és això, oi?). Dos dels resultats seran iguals. El resultat vàlid és el tercer, el que és diferent. Però aneu amb compte. Preparats?
Prova A: Si arrenquem les pàgines 29, 52, 77, 78 i 95 d'un llibre, quants fulls haurem arrencat?
Prova B: Quina és la meitat dreta de 8?
Prova C: Què tenen en comú l'arrel quadrada de 16, els Quatre Genets de l'Apocalipsi i 197 menys 193?

Pista per trobar el sobre número 6: *Al parc, a l'arbre que obtindreu si resoleu aquest problema: Dues persones es dirigeixen en bicicleta l'una cap a l'altra. Entre elles hi ha una distància de 20 quilòmetres. En el moment de sortir, una mosca que hi havia al manillar d'una de les bicicletes comença a volar cap a l'altra. Quan arriba al segon manillar, fa mitja volta i torna al primer. La mosca va volant d'un manillar a l'altre fins que les dues bicicletes es reuneixen. Si cada bicicleta corria a una velocitat constant de 10 quilòmetres per hora i la mosca ha volat a una velocitat també constant de 15 quilòmetres per hora, quina distància haurà volat la mosca en total?*

Nota: *No intenteu resoldre'l per mitjà de fórmules matemàtiques perquè us donaria una sèrie infinita de sumes. Sigueu elementals. Sigueu mosques. Au, divertiu-vos!*

—Alça! Aquest cop s'ha passat!
—I a sobre diu: «Au, divertiu-vos!».
—I això de la INTEL·LIGÈNCIA amb majúscules?
—Es nota que s'anava animant a mesura que se les inventava, cada cop més complicades.
—Això és una pista? Això sí que és un problema de matemàtiques!

Van deixar de protestar quan van entendre que d'aquella manera no guanyarien res, sinó més aviat al contrari, estaven malaguanyant un temps valuós. Ningú no volia mirar l'hora per por que no es posessin nerviosos.

—Què? Som-hi? —s'hi va resignar en Lluc.

—Sí —l'Adela tenia un nus a la gola.

—Quan ell diu que el problema té truc i ens avisa que anem amb compte... —en Nicolau va enfonsar la barbeta entre les mans.

Ningú no semblava disposat a començar.

—Tu tens el boli —va recordar en Lluc a en Nicolau.

—Ah, sí? —es va posar blanc.

—Tant se val, l'hem de resoldre pensant tots tres —va reconèixer l'Adela.

—La primera prova diu: «Si arrenquem les pàgines 29, 52, 77, 78 i 95 d'un llibre, quants fulls haurem arrencat?» —va repetir en Lluc.

—Més clar que l'aigua, 5 —va dir l'Adela.

—La segona diu: «Quina és la meitat dreta de 8?».

—Quatre —va respondre en Nicolau.

—No, espereu —l'Adela va arrugar les celles—. Diu la meitat dreta, no la meitat. Us recordeu de l'exemple que ens va posar l'altre dia amb allò de la meitat superior de vuit?

—És clar, la meitat superior de 8 era 0, perquè partia el 8 per la meitat amb una línia horitzontal! —va exclamar en Lluc.

—Així doncs, la meitat dreta de 8 és... 3! —va cantar en Nicolau.

I ho va demostrar:

β

—Ja en tenim dues! —en Nicolau va serrar els punys, de nou animat.

—La tercera prova —va continuar llegint en Lluc— diu: «Què tenen en comú l'arrel quadrada de 16, els Quatre Genets de l'Apocalipsi i 197 menys 193?».

—L'arrel quadrada de 16 és 4 —l'Adela es va afanyar a aportar la primera dada.

—Els Quatre Genets de l'Apocalipsi també eren 4 —va manifestar en Nicolau amb una evidència aclaparadora.

—I 197 menys 193 dóna… 4 —va concloure en Lluc.

—Doncs ja ho tenim —l'Adela va resumir la conclusió final—: La primera prova dóna 5, la segona, 3, i la tercera, 4.

—Llavors res de donar —en Nicolau va arcar les celles—. Aquí diu que dos dels resultats han de ser iguals, i que el vàlid és el tercer, el que és diferent.

—Van tornar a examinar les tres proves.

—Segur que és el 8 —va dir en Lluc—. Deu tenir truc.

—No pot ser —va insistir en Nicolau, que era qui havia fet la línia vertical separant les dues meitats del nombre—. Això és 3.

—I l'últim… —l'Adela va repassar l'arrel quadrada de 16, els Quatre Genets i la resta—. Això també és correcte.

—I pel que fa a les pàgines del llibre, no pot ser més clar —va exposar en Lluc—. Són 5 nombres, així doncs són 5 pàgines.

Cada prova donava un resultat diferent, o més ben dit: n'hi havia una que estava malament, si el plantejament del professor de matemàtiques era correcte. I d'això, n'estaven ben segurs.

—Fixeu-vos que ho diu ben clar: «Aneu amb compte».

—Però és impossible —es va alarmar l'Adela.

—Totalment —en Lluc li va donar la raó.

En Nicolau no va dir res. Coneixien prou bé aquella mirada de concentració, com si estigués esquivant obstacles i perills en un videojoc.

—Nicolau? —va murmurar la noia.

—Sembla mentida que llegiu tants llibres —va sospirar ell.

Una altra vegada va adoptar aquell to d'autosuficiència. En Lluc i l'Adela no sabien si alegrar-se perquè els feia l'efecte que acabava de desfer l'embolic o picar-se per aquell to de veu tan exasperant. Però fins i tot en Nicolau entenia cada cop més que eren un equip. Tots tres.

A la seva veu no hi havia satisfacció personal, només l'alleujament per haver trobat el truc, quan va anunciar:

—Els fulls del llibre no són 5, sinó 4!

—Què dius?

—Però si és ben clar que són 5!

—Ah, sí? —en Nicolau va assenyalar les xifres de la prova—. Si arrenquem la 77 i la 78, no arrenquem 2, sinó 1 full!

L'Adela i en Lluc es van quedar de pedra.

Fins que ho van entendre.

La pàgina 77 era la del davant i la 78 la de l'altra cara, però totes dues ocupaven un mateix full! 5 números de pàgina, però només 4 fulls!

—Pàgines, fulls!

—No és el mateix!

—I encara que ho fos…!

—Hem caigut a la trampa!

—Que n'és, de diabòlic!

—I de pèrfid!

—I de…!

Es van recordar que estaven parlant d'un difunt i es van contenir. Al capdavall el que importava era que una vegada més havien resolt un problema.

—Ara tenim dues proves que donen 4 i una que dóna 3 —va dir l'Adela.

—Per tant, 3 és el nombre vàlid —va concloure en Lluc.

—Uf! —va esbufegar en Nicolau—. Ens ha anat d'un pèl!

—Aquesta ha estat difícil, i no ho semblava pas —l'Adela hi va estar d'acord—. Encara sort que els resultats eren diferents; si no, no ens n'hauríem adonat.

—És ben astut, el profe —va dir en Nicolau—. Ho ha fet perquè ens n'adonéssim si ficàvem la pota.

—Juga net —va assegurar en Lluc—, però si haguéssim dit que la meitat de 8 és 4, tenint en compte que la prova C és la més clara i que també dóna 4, hauríem considerat el 5 de la prova A com a vàlid.

—I llavors hauríem ficat la pota en dues proves —va aclarir l'Adela.

—I si ho haguéssim fet, hauríem merescut fallar —en Nicolau es va mostrar categòric.

—No podem donar res per fet, per més evident que sembli —va proposar en Lluc.

Es van recuperar un moment de l'ensurt.

Encara els quedava la pista per trobar el sobre número 6.

I allò sí que era un veritable problema de matemàtiques.

—Què, nois? Posem fil a l'agulla? —l'Adela va tornar a la càrrega.

—Vinga, va.

Van llegir el llarg enunciat de la pista. La més difícil de totes fins ara. Matemàtiques pures.

I no sabien per on començar, ni com plantejar una possible equació, ni...

—Diu que no intentem utilitzar fórmules.

—Perquè ens donaria una sèrie infinita de sumes.

—Ja podeu comptar. Si ja ens adverteix això...

—Com vol que siguem elementals?

—Mosques. Diu que siguem mosques.

—És clar, perquè ens acabarem ficant en un bon merder.

De nou els van envair els presagis més funestos.

—Quan la mosca arriba al manillar de la segona bici, ha recorregut... —l'Adela va prendre el bolígraf a en Nicolau i va començar a sumar i a restar—. Si tenim en compte que les dues bicis s'han acostat... Però incloent-hi la distància que les dues bicis han recorregut més l'anada i la tornada de la mateixa...

—I si mirem primer el que ha fet la mosca? —va voler ficar-hi cullerada en Lluc.

—No, és millor que comencem per la distància que han corregut les bicis —va intentar en Nicolau.

L'Adela va parar d'escriure.

—Siguem racionals, d'acord?

Cap dels dos nois no tenia gaire clar com es podia ser racional davant d'un problema com aquell, però en veure la cara de mala bava de la seva amiga es van estimar més de no provocar-la.

L'Adela es va passar prop d'un minut fent operacions.

—Res —es va rendir.

—Deixa'm a mi —li va prendre el bolígraf en Lluc.

Va ser un altre minut, molt llarg.

En Nicolau ja ni ho va intentar.

—Com podem ser elementals? —va protestar en Lluc bo i donant un cop al full.

—I mosques? Com podem ser mosques? —va esbufegar l'Adela.

—El profe ho deu haver posat per alguna raó —en Nicolau va insistir en el tema—. La clau ha de ser la mosca.

Allò era el primer indici intel·ligent. «Sigueu mosques.»

—Deu ser com aquell exemple de la llebre, la tortuga i el cargol —va dir l'Adela.

—Vejam, quan es trobaran totes dues bicis? —en Lluc va començar a tranquil·litzar-se.

—A 10 quilòmetres per hora i separades per una distància de 20, es reuniran al cap d'una hora —va dir l'Adela.

Els feia l'efecte que anaven pel bon camí.

Eren mosques.

—És a dir, que cal comptar quants quilòmetres recorre la mosca en una hora, deixant de banda les distàncies o els viatges d'anada i de tornada —va dir en Nicolau.

—Però si l'enunciat ja ens diu que la mosca vola a 15 quilòmetres per hora… —va començar a dir en Lluc.

Es van mirar els uns als altres.

—No pot ser tan fàcil.

—Tan elemental.

—Tan…

Sí que ho era.

Ho van entendre en un no res.

Sí que ho era!

—Això és… massa! —en Nicolau va al·lucinar.

—La resposta és 15 —va concloure l'Adela.

—Ja ho tenim! —en Lluc va serrar el puny esquerre mentre es guardava el bolígraf—. És l'arbre número 15 del parc.

Capítol

*(L'Arnau té 20 lupes i en dóna 6,
quantes li'n queden?)*

14

Van arribar al parc encara més cansats que quan havien anat a casa d'en Felip Romero, perquè el parc es trobava a uns vint minuts d'on eren.

Continuaven sense voler mirar el rellotge. Encara tenien prou temps, però els quedaven tres problemes per resoldre i a més a més al final havien de lligar tots els resultats, de la qual cosa no tenien la més petita idea. En Nicolau els va recordar:

—El primer problema ens ha donat 4, el segon, 9, el tercer, 19, el quart, 5... Que hi veieu cap lògica?

—Cap ni una —va reconèixer l'Adela.

—Pot ser una clau, un d'aquells enigmes que consisteixen a calcular el sistema numèric, o potser sumant-los tots... —va considerar en Lluc.

—De moment no ens hi capfiquem. Potser amb l'últim problema ens dóna un indici —va voler tranquil·litzar-los en Nicolau.

—Tant de bo —va dir l'Adela.

—Encara podria ser pitjor —en Lluc va fer cara de circumstàncies—: Que malgrat tot ens hàgim equivocat en un resultat i tinguem un exercici mal resolt.

—Això, com sabem que ho hem fet bé? —va preguntar en Nicolau.

—No ho sabem —va manifestar l'Adela bo i arronsant les espatlles—. Aquesta és la qüestió.

—Així doncs…

—Ens hem d'arriscar. Potser al final, amb els vuit resultats, ens podrem adonar si falla alguna cosa o…

—Au, concentrem-nos en la recerca de l'arbre.

Però era fàcil. Just a l'entrada del parc hi havia una filera d'arbres a la part esquerra del camí. Els arbres conduïen directament al petit estany central. Van comptar a partir del primer.

—Un, dos, tres…

—Set, vuit, nou…

—Dotze, tretze, catorze i…

L'arbre número 15 era un dels més macos, amb un tronc gruixut i unes arrels que sobresortien arran de terra i es nuaven les unes amb les altres. Va ser allà on van buscar primer, però no hi van trobar res.

—I si un nen ha trobat el sobre i se l'ha endut?

La pregunta fatalista d'en Nicolau va fer que se'ls encongís el cor.

—No crec que en Flip hagi estat tan beneit. Segur que va tenir en compte això, i també la possibilitat que es posés a ploure —va dir l'Adela.

Això últim era més difícil, perquè brillava un sol radiant, malgrat que la tarda ja començava a declinar.

No hi havia res a terra, així doncs van començar a aixecar els caps i van envoltar l'arbre buscant al tronc i a les branques.

—Allà! —va assenyalar en Nicolau.

En un buit, a una altura d'uns dos metres i mig, apuntava el sobre, protegit dins una bossa de plàstic.

—Que no ho veieu? —la cara de l'Adela era de triomf.

—Com l'agafem?

—És impossible d'enfilar-s'hi. El tronc és massa gruixut.

—Haurem de fer una torre.

Es van mirar els uns als altres per tal de decidir qui es posava a sota, qui pujava i qui subjectava. Ni l'Adela ni en Lluc no volien aguantar l'excés de pes d'en Nicolau, un noi fort i cepat.

—Tu posa't a sota, jo pujo a les teves espatlles i l'Adela que em subjecti les cames per si de cas ens falla l'equilibri —va proposar en Lluc.

Era la combinació més lògica, així doncs ho van fer.

En Nicolau es va agenollar i en Lluc va pujar-hi amb l'ajuda de l'Adela. Amb molt de compte es van recolzar en l'arbre per recuperar la vertical.

—Com peses, nano! —va protestar en Nicolau.

—És el meu cap —va fer broma en Lluc—. És tot cervell.

—Llavors deu ser el teu cul! —en Nicolau es va posar a riure.

—Concentreu-vos, que encara caureu... —va advertir l'Adela.

—Ja gairebé... el tinc... —en Lluc va allargar el braç.

—Afanya't, que em fas mal. M'estàs clavant la...

—Ja, ja...

En Nicolau es va moure. Encara que l'Adela va voler subjectar-li les cames, en Lluc va caure. Perquè no li caigués al damunt, en Nicolau es va fer a un costat, que casualment va ser on va caure l'Adela amb en Lluc gairebé al damunt.

Tots tres van acabar convertits en un embolic de braços i cames intentant recompondre's.

—Ui, ui!

—Animal!

—Però què has fet?

—Ai, quin mal!

—Que n'ets, de babau!

—El tens?

El tenia. En Lluc els va ensenyar orgullós el sobre protegit en una bosseta de plàstic transparent. Era el número 6.

—Au, doncs!

Van anar de quatre grapes fins al tronc i van recolzar-hi les esquenes, protegits a tots dos costats per les arrels gruixudes. Era com si estiguessin encaixonats i enganxats els uns als altres. En Lluc va obrir el sobre i en va extreure el nou full. Els seus cors encara bategaven amb el record de la complexitat del problema i de la pista anteriors.

Va llegir:

Problema 6: Dos correus fan el mateix camí. El primer ha sortit del punt A i camina a 5 quilòmetres per hora. El segon ha sortit del punt B i camina a 3 quilòmetres per hora. El correu del punt A va emprendre la marxa 6 hores abans que el del punt B. La distància del punt A al punt B és de 60 quilòmetres. En quin punt del camí es trobaran? Quants quilòmetres haurà recorregut el correu A quan això passi? I el B? Quant de temps haurà necessitat l'A? I el B? De totes les respostes, haureu de fer servir precisament la penúltima: «Quant de temps ha necessitat el correu A?».

Pista per trobar el sobre número 7: *Haureu de resoldre aquest exercici de deducció:*

1) L'espia taronja viu a la dreta de l'espia vermell.

2) En Pere viu a la casa marró.

3) L'espia que té la pista M viu dues cases més enllà de l'espia groc.

4) La casa grisa i la casa violeta són les dels extrems.

5) En Jordi viu a la casa violeta.

6) L'espia blau viu entre el que té la pista M i el que té la pista $x - 9$.

7) En Joan té la pista A.

8) L'espia groc i l'espia blau són veïns.

9) La casa verda és a la dreta de la casa marró.

10) En Josep és veí de l'habitant de la casa violeta.

Pregunta: *On és la pista 7?*
Nota: *Preneu-vos-ho amb calma, nois.*

Es van quedar com si els hagués caigut al damunt un gibrell d'aigua glaçada, sobretot quan van llegir la pista per trobar el sobre següent.

—El problema no és difícil —va reconèixer l'Adela—. El vam fer a classe no fa gaire. Però la pista...

—Que no és difícil el problema? —es va estremir en Lluc—. Doncs qui ho diria!

—Però què és això de les cases, els espies, les pistes i els noms? —va balbucejar en Nicolau impressionadíssim—. Com dimonis vol que sapiguem què pregunta amb només deu indicis? Això és un galimaties!

—Diu: «Preneu-vos-ho amb calma». Això vol dir que és qüestió de paciència —l'Adela va subratllar el detall.

—Calma? Calma? —en Nicolau estava enfadat—. Jo no seria capaç de resoldre això encara que visqués cent anys!

—Bé, doncs intentem-ho, no? —en Lluc va intentar apaivagar la irritació del seu amic.

—Això ja passa de mida! —va continuar ell.

—Segur que saps resoldre el problema? —en Lluc es va dirigir a l'Adela deixant de banda en Nicolau i el seu empipament.

—I tu també, ja ho veuràs. Dóna'm el bolígraf.

L'Adela va començar a escriure, aquest cop al sobre.

—Mira, no és només un problema amb una solució —va explicar—. Ja ho veus, són quatre problemes amb quatre solucions. Posem-los una lletra per identificar cada incògnita, d'acord?

x = camí recorregut pel correu A.
y = camí recorregut pel correu B.
z = temps emprat pel correu A.
w = temps emprat pel correu B.

—La resposta que ens interessa és la z, però igualment ho hem de resoldre tot —va continuar l'Adela—. L'equació, si no recordo malament el que ens va explicar en Flip, hauria de ser... així:

$$BR = AR - AB$$

—Què representa la lletra R? —va preguntar en Lluc.
—És el punt de reunió. Mira.
I el va assenyalar amb una simple línia horitzontal:

A B R

—Em sembla que me'n recordo, sí —es va animar en Lluc—. Ens ho va explicar amb coloms missatgers o alguna cosa per l'estil. El que passa és que em va semblar tan complicat que...

117

—No hi vas estar atent —l'Adela el va ajudar a acabar la frase.

—Sí —va reconèixer en Lluc.

—Jo també me'n recordo —en Nicolau es va recuperar del seu disgust momentani.

—Benvingut —va somriure l'Adela.

—Au, va, continua —en Lluc la va esperonar.

—Bé... doncs... Podríem dir que el trajecte que recorre el correu B és igual al que recorre el correu A, menys el temps existent entre tots dos punts de sortida, és a dir que la primera equació...

$$y = x - 60$$

—Com que el correu A va a 5 quilòmetres per hora —l'Adela parlava molt a poc a poc, concentrant-se en l'exposició del tema—, aconseguirem saber el nombre d'hores que ha caminat dividint per 5 el total de quilòmetres. I aquesta serà la segona equació:

$$z = \frac{x}{5}$$

—Ara, el correu B només va a 3 quilòmetres per hora. Així doncs el temps que ha emprat ha de ser...

—Ha de ser x menys 60 partit per 3 —en Lluc va començar a veure-ho clar.

—Ostres! —va exclamar en Nicolau fent servir l'expressió preferida de l'Adela.

La noia va escriure la tercera equació:

$$W = \frac{x - 60}{3}$$

—Si el correu A va sortir 6 hores abans que l'altre, ha hagut de trigar 6 hores més a arribar al lloc de reunió, així doncs...

$$Z = W + 6$$

—Amb això tenim les quatre preguntes essencials que ens formula l'enunciat, el camí recorregut per tots dos i el temps utilizat per cada un.

—Exacte.

L'Adela va començar a guixar les resolucions més fàcils, per tal d'agrupar els resultats. La primera cosa que va fer va ser substituir les incògnites z i w de la quarta equació pels seus valors, obtinguts de les equacions segona i tercera.

$$\frac{x}{5} = \frac{x - 60}{3} + 6$$

—I ja està —va exhibir un somriure d'orella a orella.

—Com que ja està? —en Nicolau es va llançar damunt del paper.

—Un cop resolta aquesta equació i sabent quant dóna x, només cal que anem substituint les x de la resta d'equacions per aquest resultat i sabrem quant donen y, z i w.

Li ho va demostrar resolent l'equació, ja molt elemental.

—x és 105 —va anunciar.

En Lluc li va agafar el relleu.

—Si x és 105, segons la primera equació y és 105 menys 60... 45! I z serà, segons la segona, 105 dividit per 5... 21! Així doncs, w és... 15!

—El que ens interessa és el 21, que és el temps utilitzat pel correu A.

Es van recolzar a l'arbre, esgotats. Fins i tot en Nicolau.

—Ens ha anat d'un pèl! —va reconèixer en Lluc—. Si no te n'haguessis recordat...

—No sé si acabaré odiant les mates encara més o si acabaran agradant-me —va sospirar ella.

En Nicolau i en Lluc la van mirar amb cara d'esglai.

—Ho dius de debò?

—Que no us agrada resoldre tot això? —va indicar les operacions—. La veritat és que a mi em prova.

—Sí, si ho saps fer, sí, però aquest és el problema, que ningú no ho sap fer i acaba sent una autèntica tortura —en Nicolau va tocar el costat feble.

—Ho intentem amb la pista?

—Quin remei!

Però allò era el que més por els feia, perquè així, a primer cop d'ull, no havien entès res.

I sense resoldre la pista número 6 mai no trobarien el problema número 7.

Capítol
(1 + 2 + 3 + 4 + 5)
15

Van llegir mentalment les deu preguntes amb els indicis corresponents. Ningú no va dir res. Van tornar a llegir-les. El mateix.

—I doncs? —en Nicolau va ser el primer a parlar.

—No sé per on començar —va reconèixer l'Adela.

—Això no són mates ni és res —en Lluc va començar a veure-ho tot negre—. Això és per a... per a... per a supercervells!

—Si ens ho ha posat a nosaltres... —va advertir en Nicolau.

—Però tu saps de què va o què? —va rondinar en Lluc.

—Home, almenys hi ha dues pistes per on podem començar.

Ara l'Adela i en Lluc van mirar el seu amic impressionats.

—Ah, sí?

—Sí —va dir ell—. La quatre i la cinc.

L'Adela li va passar el paper i el bolígraf.

—Jo no he dit que ho sàpiga fer —es va defensar en Nicolau.

—Però si saps per on començar... —en Lluc va ser categòric.

—Bé, no ho sé… —va vacil·lar.

Era qui més havia protestat en veure la prova.

—Intenta-ho! —li va demanar l'Adela.

—Si més no —en Lluc va recórrer al seu to més suplicant.

En Nicolau es va rendir. De tota manera tenia una curiositat que…

Va tornar a llegir les preguntes.

—Queda clar que hi ha 4 cases de diferents colors i 4 espies també de diferents colors, i que cadascú té un nom i posseeix una pista. Cal situar la pista 7 a la casa adequada i amb el nom i l'espia adequat.

—Ostres! —va exclamar l'Adela.

—Molt bé, nen —el va animar en Lluc.

—Ara, per organitzar tot això, cal fer una taula… així…

I va dibuixar i escriure això:

Casa				
Nom				
Pista				
Espia				

—Nicolau, ets un geni —va reconèixer en Lluc.

El noi es va inflar lleugerament, però no va dir res. Començava a ficar-se de ple en la intriga, com quan en un videojoc havia de sortir d'una trampa mortal o arribar a un altre nivell com més aviat millor per tal de no dinyar-la.

—Ara col·loquem els indicis segurs, el quatre i el cinc —va dir en Nicolau—. El quatre diu que la casa grisa i la violeta són les dels extrems, és a dir, que hi haurà una casa a cada punta.

—I com sabem que la grisa és la de la dreta i la violeta és la de l'esquerra? —va preguntar l'Adela.

—No ho sabem, així doncs haurem de fer dues taules, la A i la B.

Va repetir la mateixa taula i hi va escriure el primer indici:

A

Casa	Grisa			Violeta
Nom				
Pista				
Espia				

B

Casa	Violeta			Grisa
Nom				
Pista				
Espia				

—La pista número cinc diu que en Jordi viu a la casa violeta —va continuar en Nicolau.

—Llavors la següent vàlida és la nou, que diu que la casa verda és a la dreta de la marró! —l'Adela també es va animar.

—Com vols que sigui vàlida si no saps…? —va objectar en Lluc.

—És clar que sí! Si les dels extrems són la violeta i la grisa, la verda i la marró són al centre, i si la verda és a la dreta, això vol dir que la marró és a l'esquerra!

—La deu també s'hi pot posar, perquè diu que en Josep és veí del que viu a la casa violeta! —va cantar en Nicolau.

Ràpidament va escriure les noves dades a les dues taules, la A i la B:

A

Casa	Grisa	Marró	Verda	Violeta
Nom			Josep	Jordi
Pista				
Espia				

B

Casa	Violeta	Marró	Verda	Grisa
Nom	Jordi	Josep		
Pista				
Espia				

—I ara vejam… —en Nicolau va tornar a llegir les pistes encara no utilitzades des del principi—. La número u no la podem utilitzar, la número dos… La dos sí, perquè ja tenim situada la casa marró i aquí diu que hi viu en Pere.

—Això elimina la taula B —en Lluc va intervenir per primer cop—, segons la qual qui viu a la marró és en Josep.

—Fora la taula B, doncs —en Nicolau la va ratllar i va col·locar el nom aportat per la pista dos: en Pere a la casa marró.

—Amb en Pere a la casa marró, l'únic que queda, en Joan, ha de viure a la grisa per força!

Un altre nom més. Ja tenien les cases i els noms.

—Mireu la set —va assenyalar l'Adela—. Diu que en Joan té la pista A.

Després d'apuntar-ho tot, ara la taula presentava aquest aspecte:

A

Casa	Grisa	Marró	Verda	Violeta
Nom	Joan	Pere	Josep	Jordi
Pista	A			
Espia				

—Tenim un altre desdoblament de taules —va fer notar en Nicolau.

—Per què?

—Mireu: la sis diu que l'espia blau viu entre el que té la pista M i el que té la pista x – 9. Així doncs, l'espia blau viu a la casa verda, el propietari de la qual és en Josep, però la pista M i la x – 9 poden trobar-se a la dreta i a l'esquerra, respectivament, o viceversa. Així doncs cal fer de nou dues taules, la A que ja teníem i una altra, la C —les va traçar i hi va col·locar les dades:

A

Casa	Grisa	Marró	Verda	Violeta
Nom	Joan	Pere	Josep	Jordi
Pista	A	x - 9		M
Espia			Blau	

C

Casa	Grisa	Marró	Verda	Violeta
Nom	Joan	Pere	Josep	Jordi
Pista	A	M		x - 9
Espia			Blau	

—Ens falta poquíssim! —en Lluc no s'ho podia creure.

—No em despistis, tu, ara! —va protestar en Nicolau, concentradíssim en el tema.

—Ara m'he perdut —va reconèixer l'Adela—. Haurem de fer més taules, perquè si l'espia taronja viu a la dreta del vermell, segons l'indici u, i el de la pista M viu dues cases més enllà de l'espia groc, segons el dos, i el groc i el blau són veïns, segons el tres…

—No —va dir en Nicolau—. Fixa't en l'indici u. Diu que l'espia taronja viu a la dreta de l'espia vermell.

—Ja, i què?

—Doncs que si l'espia taronja ha de viure a la casa marró, es diu Pere i té la pista M.

—Per què?

—Perquè viu a la dreta de l'espia vermell i, per tant, l'espia vermell no pot viure ni a la casa violeta, que és a l'extrem dret, ni a la marró, perquè el veí de la dreta de la marró és l'espia blau. L'espia vermell només pot viure a la casa grisa si el seu veí de la dreta ha de ser per força l'espia taronja.

—Bufa! —va dir en Lluc en adonar-se que en Nicolau tenia raó.

—I si l'espia vermell viu a la casa grisa, l'indici vuit també és evident: groc i blau són veïns!

Ara les dues taules quedaven així:

A

Casa	Grisa	Marró	Verda	Violeta
Nom	Joan	Pere	Josep	Jordi
Pista	A	x - 9		M
Espia	Vermell	Taronja	Blau	Groc

C

Casa	Grisa	Marró	Verda	Violeta
Nom	Joan	Pere	Josep	Jordi
Pista	A	M		x - 9
Espia	Vermell	Taronja	Blau	Groc

—Doncs hi ha dues solucions —va parpellejar en Lluc—.
Les dues taules compleixen tots els requisits.

—No, senyor —en Nicolau estava com flotant—. L'últim
indici que ens queda i que no havíem utilitzat encara, el
tres, diu que l'espia groc viu dues cases més enllà del que té
la pista M. Per tant…

—No pot ser a la A. La taula bona és la C! —va cridar
l'Adela.

—I la pista 7 és a la casa verda, la de l'espia blau, és a dir,
la d'en Josep! Visca! —en Lluc va acompanyar l'Adela.

En Nicolau feia uns ulls com unes taronges.

De sobte se n'adonava.

El mateix que li havia passat amb les caixes que havien de
sumar sempre 16.

Ho havia aconseguit!

—Bufa —va dir—, no ho sabia ni jo, que fos tan llest.

I va admirar la seva obra:

C

Casa	Grisa	Marró	Verda	Violeta
Nom	Joan	Pere	Josep	Jordi
Pista	A	M	7	$x - 9$
Espia	Vermell	Taronja	Blau	Groc

—Això ha estat massa!

—Us n'adoneu? Semblava la mar de complicat!

—I ho era, però amb les taules que ha fet en Nicolau…

Li van donar uns copets a l'esquena.

—Molt bé, i ara… —va començar a dir l'Adela.

La realitat es va obrir com un ganivet posant en perill l'entusiasme dels nois.

—Això, i ara què?

—Doncs que la pista 7…

En Lluc va callar.

—No hi deia res més, a l'enunciat? —es va estranyar l'Adela.

—No —en Nicolau ho va comprovar—. Res. Només preguntes: «On és la pista 7?».

—Doncs, segons això, en una casa verda on viu un paio que es diu Josep i que és un espia blau.

Es van mirar els uns als altres.

—Algú coneix una persona que es digui Josep, que visqui en una casa verda i que sigui espia…?

L'Adela va parar de parlar.

Tots tres van dilatar les pupil·les fins al límit, arcant les celles i amb la boca oberta.

—El senyor Josep, el bidell de l'escola! —van cridar alhora.

Capítol
*(Meitat dels quadres negres
d'un tauler d'escacs)*
16

El senyor Josep sempre anava de blau, ja que duia una bata d'aquest color, un guardapols que era com el seu uniforme de treball. I vivia en una caseta de color verd, a la part del darrere de l'escola. No era un espia, sinó una bellíssima persona. Tanmateix, com que havia de vetllar per l'ordre d'un centre tan gran, de vegades es veia obligat a posar-se dur perquè no se'l rifessin i, si calia dir alguna cosa al director, ho feia. La gran majoria dels alumnes l'apreciava moltíssim.

—Acabarem anant als Jocs Olímpics!

—Mai no havia corregut tant a la meva vida!

—Però ja només ens falten dos problemes!

—Nicolau, no et quedis enrere!

—Ja us atraparé!

—I un be negre! Au, va, corre!

—Què és això? Una venjança?

—El temps se'ns acaba!

El rellotge de l'església els ho va recordar. Fins i tot en Nicolau va doblar els seus esforços. Al cap i a la fi, ell era l'heroi de l'última pista. Allò li donava ales.

Van arribar a l'escola en un altre temps rècord i la van vorejar per la dreta, que era el camí més curt. Quan van veure la caseta de color verd del senyor Josep, amb la porta i les finestres tancades, es van alarmar un cop més. A penes podien parlar.

—I… si no… hi és?

—Doncs deurà ser… a l'escola!

—Si la pista deia… casa verda, espia blau, Josep i pista 7, és perquè… ha de ser aquí segur. En Flip va planejar això… molt bé.

—Si no hagués estat perquè casualment el va matar el mateix que ell va escollir per fer el maleït joc…

Cada cop que es recordaven que l'artífex de tot allò era mort, se'ls refredaven els ànims i se sentien molt malament.

Però ara tot el que els feia tirar endavant era la determinació ferotge de venjar aquella mort.

Van arribar a la casa. En Lluc va tocar el timbre. Van esperar inquiets, panteixant per la correguda que acabaven de fer. De seguida van sentir unes passes darrere de la porta i van respirar alleujats. Però quan es va obrir el batent de fusta, qui va aparèixer va ser l'esposa del senyor Josep, la senyora Eulàlia.

—Hola, que voleu res? —els va somriure dolça però estranyada.

—Voldríem veure el seu marit.

—Sí, el senyor Josep.

—Que hi és?

Com que tots tres van parlar alhora, la dona va trigar un parell de segons a reaccionar.

—Vaig a buscar-lo. Espereu-vos aquí. És a la part del darrere fent no sé què.

Els va deixar sols a la porta, nerviosos, inquiets.

En Lluc mirava un edifici en construcció, a prop d'on es trobaven ells. Les màquines abocaven formigó en unes planxes enormes. Gairebé per associació es va recordar del cos cobert de sang del professor de matemàtiques i de la seva sorprenent desaparició.

—I si es trobés en un lloc així?

—Qui? —va preguntar l'Adela.

—El profe de mates.

—On?

—Ficat en formigó.

—Au, va, no diguis bestieses! —l'Adela es va estremir.

—On el deu haver portat, l'assassí?

—Segur que l'ha amagat —va intervenir en Nicolau, ja més recuperat.

—És el que jo dic —va continuar en Lluc—. Si l'assassí vol fugir a les sis, ha de procurar que ningú no trobi el cos no només abans d'aquella hora, sinó durant els pròxims dies.

—Potser l'ha llençat a un abocador —va afirmar en Nicolau.

—O potser l'ha cremat —en Lluc va aportar una altra teoria.

—O potser l'ha esquarterat —va continuar en Nicolau.

—O…

—Voleu fer el favor de callar? —va cridar l'Adela espantada—. Sou uns animals!

—Bé, només són idees —es va justificar en Lluc.

—I tu llegeixes novel·les policíaques? —es va estranyar en Nicolau.

—És diferent, a les novel·les no conec la persona morta!

En Lluc no estava disposat a renunciar a les seves disquisicions mentals.

—Encara hi ha una altra cosa —va assenyalar—. És ben clar que l'assassí és un home.

—Per què? —va voler saber en Nicolau.

—Perquè una dona no hauria pogut carregar-lo, pesava massa —va ser categòric—. Érem al bell mig del solar.

—I no només va fer això, sinó que a més va netejar la sang del terra en pocs minuts —va intervenir l'Adela, aquest cop mostrant més interès.

—I si era una dona forta?

—No va tenir temps.

—I si tenia un còmplice?

Va ser automàtic. Tots tres van mirar amb recel i inseguretat més enllà de les parets de l'escola, per si de cas notaven alguna cosa estranya. Algú amb uns prismàtics o qualsevol cosa per l'estil. Potser un rifle de precisió amb mira telescòpica.

Van tenir un bon ensurt quan van sentir la veu sonora i rotunda del senyor Josep, acostumat a cridar i a imposar-se amb força fent servir aquell to.

—Hola, nois!

Es van girar i el van mirar. Duia la seva bata blava habitual. I somreia.

—Us estava esperant —va dir l'home.

—Ah, sí?

—El senyor Romero em va dir que vindríeu i que us donés això.

Era el sobre marcat amb l'última pista i el problema 7.

—Gràcies —l'Adela va allargar el braç.

—Un moment, un moment —el va retenir a la seva mà—. Em va dir que us el donés si arribàveu abans de les sis.

—Encara no són les sis —va assegurar en Lluc.

—Falta molt per a les sis —va dir en Nicolau amb vehemència, però la veritat era que a penes faltaven dos quarts d'hora.

—Bé, doncs aquí el teniu —va estendre la mà amb el rectangle de paper.

L'Adela el va atrapar.

—Gràcies, senyor Josep —van iniciar la retirada.

—Es pot saber en quin embolic us heu ficat? —el bidell de l'escola va decantar el cap amb la cella de l'ull esquerre arcada.

—És una història massa llarga.

—Doncs el professor Felip Romero semblava força content quan em va donar aquest sobre per a vosaltres.

—És que...

No sabien què dir-li.

I el temps s'acabava. Ara de debò.

—Ja ens veurem dilluns!

Van arrencar a córrer, van sortir de l'escola i van tornar a la cantonada on havien resolt els primers problemes. Un cop hi van aterrar i es van sentir protegits, l'Adela ja estava obrint el sobre amb una mà nerviosa.

—Au, va, llegeix, llegeix —frisava en Lluc amb els nervis crispats.

I va llegir:

Problema 7: *Quant fa la diagonal AB?*

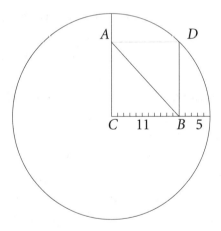

Pista per trobar l'últim sobre: *L'últim sobre, estimats meus, és en una estàtua. De quina estàtua es tracta? Si la trobeu i encara teniu temps, podreu aconseguir el sobre i resoldre l'últim problema. Si us equivoqueu d'estàtua i aneu justos de temps, no ho aconseguireu. Així doncs, ull*

viu! Hi ha dues estàtues possibles, la del parc, que es tro-
ba a deu minuts corrent en una direcció, i la de la plaça,
que és a deu minuts corrent en la direcció oposada. Se-
gurament només tindreu una oportunitat. Quina és
l'estàtua bona? Si sabeu resoldre la pista final, ho esbri-
nareu.

Pista: Un explorador es troba amb dos indígenes que per-
tanyen a dues tribus diferents. Una tribu és la dels falsos,
la dels que sempre menteixen, i l'altra és la dels autèntics,
la dels que sempre diuen la veritat. Un dels indígenes és
alt, l'altre és baix. L'explorador els pregunta: «On és l'es-
tàtua amb el sobre de l'última prova?». L'indígena baix li
diu: «Al parc». I l'indígena alt li respon: «A la plaça».
Però qui menteix i qui diu la veritat? Per tal de saber-ho,
l'explorador els interroga un cop més. Al més alt li pre-
gunta: «Ets de la tribu que sempre diu la veritat?». I l'in-
dígena alt li respon: «Sí». Tot seguit pregunta al més baix:
«Ha dit la veritat?». I l'indígena baix li respon: «No». Qui
diu la veritat, l'alt o el baix? Si ho esbrineu, sabreu on és
el sobre.

Nota: *Ara que heu arribat fins aquí no em falleu, eh?*
Ànims!

Com ja els havia passat altres vegades, la complexitat de
la pista els superava i es van oblidar del problema.

—Quina bajanada, això de la veritat i la mentida!

—Que fort!

—Com vol que sapiguem qui diu la veritat i qui diu una mentida, per l'amor de Déu?

—Au, vinga, que és l'última pista…

—Si ens equivoquem d'estàtua, ja no tindrem temps d'anar a l'altra, de resoldre el problema i de trobar l'assassí. L'hem d'encertar!

—I si ens ho juguem a sorts? És el cinquanta per cent!

—Després de l'esforç que ens ha costat arribar fins aquí fent servir el cap, vols que ens arrisquem al final temptant la sort?

En Lluc va intentar restablir la calma.

—I el problema? —va dir.

—És fàcil, es resol amb una equació insignificant —va dir l'Adela—. La suma dels quadrats dels catets és igual al quadrat de la hipotenusa, que ja no us en recordeu?

—Vols dir? —va dubtar en Nicolau.

—I tant!

—Demostra'ns-ho.

Va passar el bolígraf, que s'havia quedat ell, a la seva amiga. L'Adela va començar a buscar la hipotenusa del triangle format per A, B i C, bo i mesurant les rectes AC i CB.

En Lluc va mirar fixament el dibuix. Un somriure sobtat va aparèixer al seu rostre.

—No és necessari que multipliquis, ni que sumis ni que restis ni res —li va dir.

—Ah, no? A veure.

—El resultat és 16.

—Sí, home!

—T'asseguro que és 16.

—Com ho saps? —va balbucejar en Nicolau.

—És un truc per fer-nos perdre temps. No veieu que la recta AB és exactament igual que la que podríem traçar de C a D, i que en aquest cas és el radi de la circumferència, és a dir, 16?

L'Adela es va adonar que en Lluc tenia raó.

—Molt bé! —es va sorprendre.

—Genial! —va assentir en Nicolau.

—Doncs hem guanyat uns minuts preciosos —va reconèixer la noia—. Si ara esbrinem quin dels dos indígenes diu la veritat...

Es van concentrar en l'endevinalla de les dues tribus.

—Si l'alt diu la veritat, el baix... —va començar a raonar en Lluc.

—Però si diu una mentida i l'altre... —en Nicolau va intentar seguir el fil d'un raonament lògic.

—Suposem que qui menteix és el baix —l'Adela buscava un camí per desxifrar l'enigma.

Se sentien perduts.

I anaven contra rellotge.

Deu minuts fins a una de les dues estàtues, més el temps que trigarien a resoldre l'últim problema, més el que trigarien a lligar-ho tot i després anar a buscar l'assassí per vigilar-lo, seguir-lo i denunciar-lo abans que no s'escapés...

—No ho aconseguirem pas —en Nicolau es va enfonsar.

—És massa complicat, ens haurem d'arriscar —va suggerir en Lluc—. Jo proposo que anem a la plaça.

—No, no... —l'Adela es va aferrar a les seves deduccions—. Deixeu-me pensar. No digueu res més.

Van callar.

—Vejam... Quan l'alt diu que sí... Suposem que és de la tribu dels que diuen la veritat. Això voldria dir que sí que diu la veritat. Però si és de la dels mentiders... ha de mentir i llavors... la resposta continuaria sent que sí!

Estaven blancs.

—Així doncs... —va intentar continuar en Lluc sense aconseguir-ho.

—Així doncs si el baix ha dit que no, que l'alt no ha dit la veritat... ell també està dient la veritat quan assegura que el seu company és un mentider!

En Lluc i en Nicolau s'havien perdut, però en veure l'entusiasme de l'Adela es van adonar que ella estava segura de les seves deduccions detectivesques.

—L'alt menteix i el baix diu la veritat! El sobre és a l'estàtua del parc!

Apa, tornem-hi. A corre-cuita.

Però com que eren tan a prop, ningú no va protestar. Cada segon comptava.

I en deu segons eren tres puntets a l'horitzó urbà, corrent com bojos.

Capítol

(395 × 14 × 9.278.602 ×
× 7 × 19.588 × 0 × 1 + 17)

17

L'última prova. L'últim problema.

Podien tocar l'èxit amb les mans.

Descobrir l'assassí odiós del pobre professor de matemàtiques.

Ja seria tard, res no li tornaria la vida, però almenys ell n'estaria orgullós.

I ells també.

—Jo corro més! —va cridar en Lluc a mig camí en veure que l'Adela i en Nicolau es quedaven enrere.

—Això, avança't, a veure si pots anar resolent el problema!

Va accelerar i els va deixar enrere.

En un moment ja els havia perdut de vista.

Va travessar carrers, va esquivar cotxes i motos els propietaris dels quals van protestar furiosos, va driblar tots els vianants i la resta de fauna urbana que se l'interposaven al camí, va saltar, va patinar, va fer les mil i una, les vambes li fregaven el cul de tan ràpid com corria.

Quan va arribar al parc, el cor li bategava a mil per hora.

S'hi va ficar de cap.

L'estàtua es trobava al bell mig del parc i era molt grossa. Això implicava que havia de buscar el sobre i, en el pitjor dels casos, enfilar-s'hi. Només faltava que algú li cridés l'atenció o que un guàrdia li ho impedís. Només que intentés explicar-li de què anava la cosa ja se li acabaria el temps. Va arribar fins a la placeta central, envoltada de bancs en els quals seien gent gran i, sobretot, mares amb els seus infants aprofitant el sol de la tarda, i va començar a fer voltes al voltant de l'estàtua, l'homenatge de la ciutat a un escriptor que havia nascut allà mateix, en un carrer a la vora. També es va posar a fer bots, buscant el maleït sobre.

Llavors el va descobrir. Als peus de l'escriptor, sota una pedra que impedia que volés.

Va saltar la tanca, es va enfilar al pedestal, va allargar el braç i va enretirar el sobre abans que ningú no el veiés o pogués protestar. El sobre, a més de dur un gran 8 puntuat per signes d'admiració, tenia una cagarada de colom immensa en un dels angles.

—Oh, no! —va tremolar—. Com s'hagi esborrat el text per culpa d'això…!

El professor Romero no havia pensat en tot.

El va obrir tremolant i va sospirar alleujat. La taca de la defecació de colom era ben visible, però per sort no havia escorregut la tinta amb la qual estava escrit el problema.

Va intentar trobar la calma necessària per poder llegir l'enunciat.

I ho va fer un cop, tan de pressa que…

Però ja no calia fer res més.

Esgotat, defallit i sobretot derrotat, es va deixar caure a terra amb unes ganes de plorar immenses, que va evitar per simple orgull.

Va sentir ràbia.

Tan a prop…

Però tant…

I ara allò.

—Per què, profe? —es va lamentar.

Va mirar cap on havien d'arribar l'Adela i en Nicolau. Encara van trigar un parell de minuts a aparèixer pel passeig central del parc, i gairebé un altre a arribar fins a ell. Quan el van veure, tots dos van parar de córrer automàticament. La seva cara ja era prou expressiva.

—Què passa? —es va alarmar l'Adela.

En Nicolau no va dir res. No podia.

—Hem perdut —en Lluc va arronsar les espatlles.

—No pot ser! Per què?

El noi els va lliurar el full perquè ella i en Nicolau llegissin l'última pregunta. Aquesta:

Problema número 8 i últim: *Un home va omplir amb la sisena part de la seva vida la seva infantesa, i amb la dotzena part, la seva adolescència i la seva joventut. Es va casar passada la setena part d'aquesta vida i va tenir un fill cinc anys després del casament. Dissortadament, aquest fill va morir quan tenia la meitat de l'edat del seu* *pare. Trist a causa de la pèrdua, l'home va morir quatre anys després. Quina era l'edat del seu nét, si en morir tenia 65 anys més que ell?*

Doncs això és tot, amics meus. *Ara amb els vuit resultats només heu de trobar el nom del meu presumpte assassí i resoldre* L'assassinat del professor de matemàtiques. *Ho aconseguireu si jugueu als espies i trobeu la clau. Ah: considereu la doble ela com una lletra independent, encara que sigui un dígraf, d'acord? Enhorabona! I prepareu-vos per a la gran sorpresa!*

—És el problema que no vam saber resoldre a l'examen! —va exhalar l'Adela.

—El mateix maleït problema! —va remugar en Lluc.

—Per què? —va poder proferir en Nicolau, acaloradíssim.

—I per què al final, quan ja gairebé ho teníem? —les llàgrimes es van deixar veure al rostre de l'Adela.

—Oh, no… No! —la idea de la derrota es va emparar d'en Nicolau.

Havia de ser aquell problema!

Van seure un a cada costat d'en Lluc. O més ben dit, es van deixar caure baldats.

—No és just.

—És més que això, és…

—És una porcada.

Ni tan sols els servia de consol el fet de poder compartir aquell fracàs. Se sentien com tres perfectes inútils.

—Ell volia que el resolguéssim, això és tot. Ja ens va dir que li semblava estrany que no ho haguéssim fet —va dir l'Adela.

—Doncs no sé per què: jo ni el vaig començar —va manifestar en Nicolau.

—Jo en realitat vaig arribar a plantejar-lo, a part, al full de les operacions, però com si no hagués fet res —va admetre en Lluc.

—Jo em pensava que l'havia resolt, però els resultats finals no concordaven —va exhalar l'Adela molt trista.

—Quins resultats finals? —en Lluc va arrugar la cara mentre la mirava.

—Doncs vaig plantejar els trencats i vaig fer allò del mínim denominador comú, però com que al final la part de dalt no era igual que la de baix… Ja ni vaig passar les operacions a l'espai per resoldre el problema. No hi vaig veure cap sortida, va arribar l'hora i… adéu!

—Tu almenys el vas plantejar —va dir en Nicolau amb admiració—. Això hauria de comptar.

—Au, va, tampoc no et castiguis la moral, tu, ara. Ja hem demostrat que som prou bons —va voler donar-li ànims l'Adela.

—En equip —en Nicolau li va treure importància.

—D'acord, en equip, però ho som —va afirmar ella—. Cadascú hi ha aportat alguna cosa, i sense això ara no seríem aquí.

—Vençuts —va dir en Nicolau en un to fúnebre.

—I només per una prova…

—Espera, espera —va insistir en Lluc, encara penjat de les paraules de la seva companya i amb la mateixa cara arrugada—. Planteja la resolució del problema com dius que vas fer a l'examen.

—No paga la pena. No surt.

—Fes-ho. Potser en Nicolau i jo…

L'Adela va arronsar les espatlles.

Va treure el bolígraf que s'havia guardat a la butxaca abans d'arrencar a córrer i, després d'aspirar una gran glopada d'aire, va començar a escriure al dors del full quadriculat amb l'enunciat de la segona pregunta.

—Aquest home ha viscut la sisena part de la seva vida en la infantesa, la dotzena part en l'adolescència i la joventut, es casa un cop passada la setena part de la seva existència i quan el seu fill té la meitat de la seva edat agafa i la dinya. Doncs bé, en teoria caldria sumar totes aquestes fraccions. Així:

$$\frac{1}{6} + \frac{1}{12} + \frac{1}{7} + \frac{1}{2}$$

—Barrejant-ho tot? —va preguntar en Nicolau.

—Ja t'he dit que en teoria sí. Però en la pràctica no surt —va tornar a dir l'Adela.

—A veure, continua —en Lluc es va posar tossut.

$$\frac{1}{6} + \frac{1}{12} + \frac{1}{7} + \frac{1}{2} \qquad \frac{1}{2} + \frac{1}{2 \times 2} + \frac{1}{7} + \frac{1}{2}$$

$$\frac{14}{84} + \frac{7}{84} + \frac{12}{84} + \frac{42}{84}$$

$$\frac{14 + 7 + 12}{84} \qquad \frac{75}{84}$$

—Mira, ho faré pas a pas, pesat: primer busco el denominador comú:

$$\frac{1}{2\times3}+\frac{1}{2\times2\times3}+\frac{1}{7}+\frac{1}{2}$$

—Ara, el mínim denominador comú és 2 per 3 per 7 per 2, em seguiu?

—Sí —van respondre en Lluc i en Nicolau.

—Això dóna 84 —l'Adela va fer les multiplicacions.

—Molt bé —van corroborar ells.

—Ara els trencats queden així:

$$\frac{14}{84}+\frac{7}{84}+\frac{12}{84}+\frac{42}{84}$$

—Per tant, i segueixo pas a pas perquè no us perdeu, el trencat final és aquest:

$$\frac{14+7+12+42}{84}$$

—Doncs sí —va reconèixer en Nicolau.

—Està bé —va assentir en Lluc.

—I llavors per què a dalt em surt 75 i a baix, 84?

—Què?

—Com?

—Sumeu el que hi ha a dalt —els va demanar l'Adela.

Era cert. El resultat final donava:

$$\frac{75}{84}$$

—Ho veus ara, llest? —es va picar l'Adela.

—Però si està bé —va dir en Nicolau—. Com pot ser que no...?

—Té raó —va assegurar en Lluc bocabadat—. El problema es resol així, ara em recordo que va posar una cosa semblant.

—Doncs aquí no hi ha cap truc —va manifestar en Nicolau.

En Lluc va sentir una descàrrega d'energia.

De dalt a baix.

—Què has dit?

—Que aquí no hi ha truc —va repetir en Nicolau.

En Lluc va llegir l'enunciat.

—Mira que en som... d'idiotes! —va exclamar.

—Què passa? —l'Adela es va posar rígida.

—Sí que en té, de truc! —es va posar a cridar—. No ho és del tot, però com que som tres caps quadrats... És clar que té truc!

—On, si es pot saber?

—Però si l'enunciat no diu res més que...

—Ho diu! Que no ho veieu? Ho diu! És genial! —en Lluc semblava posseït—. És tan clar que se'ns havia escapat!

—Què se'ns havia escapat? —l'Adela el va sacsejar.

—El 4 i el 5!

Van obrir la boca. Ja no feia falta, però en Lluc els ho va explicar amb paraules:

—Ens hem oblidat d'incloure els 5 anys que van passar des del casament fins al naixement del seu fill, i els 4 que van transcórrer des de la mort d'aquest fill fins a la seva pròpia! 4 i 5… sumen 9!

—I 75 i 9…!

—… sumen 84!

Problema resolt.

L'havien resolt!

—Déu del cel! —va sospirar l'Adela, meitat sorpresa, meitat enrabiada—. Gairebé el tenia, el tenia! Però no vaig saber veure aquell maleït…

—Però ara ja està! —en Lluc es va posar dret d'un bot.

—L'edat de l'home era 84 anys i, si en morir era 65 anys més gran que el seu nét, llavors el nét tenia 19 anys! —el va imitar l'Adela.

—El resultat és 19! —en Nicolau va fer el mateix oblidant-se del cansament.

—Tenim els vuit resultats dels vuit problemes!

Cridaven tant que la gent els mirava com si fossin bojos. Però quan van començar a fer salts i a abraçar-se, la desconfiança va ser absoluta. Les mares van cridar els seus menuts per si de cas aquells tres es tornaven perillosos.

És clar que allò només va durar uns segons.

Van deixar de cridar, d'abraçar-se i de fer salts per plantejar-se l'última pregunta, la definitiva:

—I ara què?

Capítol
(XXV – VII)
18

—**D**oncs ara...

—Tenim vuit resultats i...

—Això, vuit xifres que...

El seu entusiasme es va esvair com per art d'encanteri.

—Què diu al final? —va intentar calmar-se en Lluc.

—Diu que juguem a espies i que trobem la clau —va llegir l'Adela.

—I que considerem la doble ela com una lletra independent —va concloure en Nicolau.

—I això què vol dir?

No en tenien ni idea.

—Tu has jugat mai a espies? —va preguntar en Lluc.

—No —va dir en Nicolau.

—Però sabeu com s'hi juga? —va preguntar l'Adela espantada.

—No —van reconèixer ells dos.

—No m'ho puc creure —va fer ella—. M'esteu dient que la clau és una cosa que no coneixem?

—Doncs en Flip es pensava que sí.

—O potser...

—No m'ho puc creure —va repetir l'Adela—. Tenim vuit xifres i no sabem com convertir-les en una pista?

—Un moment, no ens poséssim pas nerviosos —en Lluc va buscar una mica de calma on no n'hi havia—. Quins són els resultats dels vuit problemes?

—El primer donava 4, el segon, 9, el tercer…

—No, no, és millor que els escriguem, així els veurem bé —va dir l'Adela, que encara tenia el bolígraf.

I ho va fer:

4 9 19 5 3 21 16 19

—Ara sumem-ho tot, a veure què ens dóna —va proposar en Lluc.

—El resultat és… 96 —la noia va acabar de fer la suma.

—¿Això us resulta familiar, com allò del 2.001 i la matrícula del Galàctic, o el 40 i el número de l'armariet?

—No —va respondre l'Adela.

En Nicolau va fer memòria.

—No —va reconèixer.

—Au, vinga, ha de voler dir alguna cosa —els va esperonar en Lluc.

—Diu que juguem a espies, això descarta que el nombre sigui una adreça o qualsevol altra cosa —va subratllar el detall, l'Adela.

—I amb les inicials dels nombres?

L'Adela les va escriure:

QNDCTVSD

—Això no ens diu res —en Nicolau va fer que no amb el cap.

—Però hi ha d'haver un ordre, una pauta —en Lluc s'estava desesperant.

—I si ens hem equivocat en un dels resultats i per això no ens surt res? —va manifestar en Nicolau.

—Qui podria saber jugar a espies? —va preguntar l'Adela.

—En Xavi Renom, sempre s'està inventant jocs —va dir en Lluc.

—En teniu el telèfon?

—No, i a més viu lluny.

—No m'ho puc creure, no m'ho puc creure! —en Nicolau va tornar a desesperar-se.

—Tranquils, tranquils, ens estem deixant vèncer per la…

—Tranquils? —en Lluc la va interrompre—. Falten deu minuts per a les sis i ni tan sols sabem on hauríem d'anar en cas que sabéssim el nom de l'assassí! Ves que no estigui a l'altra punta de la ciutat!

—Espera, què has dit? —l'Adela va arrugar les celles.

—Que falten deu minuts per a les sis!

—No, allò del nom de l'assassí.

—Doncs això, que no en sabem el nom.

L'Adela va examinar les vuit xifres.

—Això ha d'equivaler a un nom, està clar —va murmurar expectant.

—Si cada nombre fos una lletra, quina clau faríem servir? —en Nicolau va seguir el fil dels seus pensaments.

Fins i tot en Lluc es va llançar sobre el paper.

—Espies…

—Cal comptar la doble ela com una lletra independent…

—Un nom…

Aquest cop no van ser dos, sinó tots tres a l'uníson. Un crit.

—L'alfabet!

La mà de l'Adela va començar a escriure precipitadament les lletres de l'alfabet, deixant de banda si la doble ela era una lletra independent o no. Després va posar un número a sota de cada lletra. El número del seu ordre de la A a la Z:

A	B	C	D	E	F	G	H	I	J	K	L	LL	M
1	2	3	4	5	6	7	8	9	10	11	12	13	14

N	O	P	Q	R	S	T	U	V	W	X	Y	Z
15	16	17	18	19	20	21	22	23	24	25	26	27

—Sí, sí… sí! —en Lluc va començar a veure-hi clar.

—Ai, Déu meu! —tremolava en Nicolau.

—Ha de ser això, per força. Ha de ser així! —va cridar l'Adela.

Va començar a substituir els nombres per lletres.

—El 4 seria una D, el 9 seria una I, el 19 correspondria a una R, el 5 és una E, el 3…

Ella anava escrivint les lletres a corre-cuita, però en Lluc i en Nicolau ja anaven llegint la paraula, i amb les tres primeres lletres van obrir els ulls, amb la quarta es van adonar que era veritat, amb la cinquena es van empassar la saliva...

—Ja està! —va anunciar l'Adela.

Havia escrit:

DIRECTOR

No hi havia cap error possible.

Era tan clar com evident.

156

Capítol
(0 + 19 − 0)
19

En Marià Fernández.

El director de l'escola on estudiaven.

Ni més ni menys.

Es van quedar de pedra.

—Aquesta mateixa tarda he estat... amb ell —es va estremir l'Adela—. M'ha tingut allà, amb el sobre... a la mà i...

La realitat s'obria camí dins les seves ments enterbolides.

Ja no els importava haver-ho descobert, haver resolt els vuit problemes, les set pistes, haver obeït la voluntat del seu professor de matemàtiques. La magnitud d'aquell nom era com pretendre acusar...

Era el director de la seva escola!

—Ningú no ens creurà! —va concloure en Nicolau.

—No en tenim proves! —va ser més explícit en Lluc.

—Ens matarà a nosaltres també! —l'Adela continuava pensant en la trobada anterior amb ell.

La van mirar.

—A tots tres?

—No pot matar-nos a tots tres!

—No pretendreu que anem allà i...? —l'Adela era un feix de nervis.

—Si s'adona que algú ho sap, es lliurarà a la justícia, segur —va pronosticar en Lluc.

—No, s'escaparà, com va dir en Flip —en Nicolau hi va afegir l'evidència decisiva.

—Escapar-se!

—Quina hora és?

—Falten nou minuts per a les sis!

No va ser premeditat. Tampoc no ho van parlar. Només va ser instintiu.

Tots tres es van aixecar i van tornar a l'escola a una velocitat encara més gran que a l'anada, la qual cosa ja era prou difícil. L'única diferència era que aquest cop en Lluc no es va avançar. No volia arribar el primer i sol.

Ara estaven tots tres ficats fins al coll en aquell embolic espantós.

Tots tres.

—Corre, Nicolau!

—Sí, ja!

—Vinga, Adela!

Van travessar carrers, van esquivar cotxes i motos els propietaris dels quals van protestar furiosos, van driblar tots els vianants i la resta de fauna urbana que s'interposaven en el seu camí, van saltar, van patinar, van fer les mil i una, les vambes els fregaven el cul de tan ràpid com corrien. Només es van aturar en un semàfor, menys de cinc segons.

—Podria haver col·locat les pistes més a prop!

—És clar que… com podia saber ell que…!

—Tres minuts!

Un altre cop, vinga a córrer.

Dos minuts.

Un.

La imatge de l'escola es retallava a l'horitzó darrere l'últim carrer. Per fi entenien per què l'assassí s'escaparia a les sis. Era l'hora en què plegava el director els divendres a la tarda. I segurament no pensava tornar mai més.

El que no entenien era el motiu.

I ben pensat, tampoc allò de la fugida a les sis.

Ni com en Felip Romero…

No podien pensar i córrer alhora, així doncs van parar de pensar. Van recórrer els últims metres a una velocitat d'infart, sobretot per a en Nicolau, i es van precipitar sobre la porta de l'escola, encara oberta, en el moment precís en què al campanar més pròxim sonava la primera de les sis campanades horàries.

La porta del despatx de la direcció era oberta.

La van creuar a bots i empentes.

Com una banda de saltejadors.

El primer que van veure, de cara, assegut plàcidament a la seva butaca, va ser en Marià Fernández, el director, l'assassí, ben somrient, amb els caps dels dits junts i recolzats pels extrems sota la barbeta. Tan tranquil com feliç.

Però allà hi havia algú més.

Una visita.

D'esquena a ells.

—Hola, nois —els va saludar l'assassí.

La visita va girar el cap.

Llavors sí que es van quedar de pedra.

Glaçats.

Blancs.

Perquè allà hi havia l'assassinat, o més ben dit, el presumpte assassinat, fresc com una rosa, també somrient, però ell ho accentuava d'orella a orella, i amb un aspecte de felicitat que contrastava brutalment amb el que li atribuïen després d'haver-lo vist cosit a bales tres hores abans.

—Profe! —van exclamar tots tres, al·luci dnats.

Capítol

(Com s'escriu 20 amb quatre nous?)

20

(9 + 99/9)

Devien fer una bona fila, perquè en Felip Romero es va posar a riure:

—Hola, nois! —els va saludar.

L'Adela es va pessigar. En Nicolau no va poder tancar la boca. En Lluc tenia les celles tan arrugades que semblava que patia un mal de panxa molt fort.

—És… viu! —va aconseguir de dir l'Adela.

—Del tot.

—Pe-pe-però… —va tartamudejar en Nicolau.

—Nosaltres l'hem vist mort, amb tres ferides de bala a…! —va voler insistir en Lluc.

—Cadascú tenim la nostra vida privada —el professor de matemàtiques va arronsar les espatlles—. Fa tres mesos que tinc xicota, i és una experta en efectes especials. Treballa en el món del cinema. Quan se'm va acudir la idea ja em va dir que el més fàcil era això: imitar les ferides de bala i la sang. Una mica de maquillatge mortal i llestos. No em va sortir del tot malament l'escena, oi?

—Profe, una mica més i em moro de l'ensurt! —va protestar l'Adela.

—Això sí, ho reconec. Quan vaig veure que et posaves a plorar… —va fer cara de culpa—, vaig estar a punt de deixar de fer comèdia.

—Vam anar a buscar la policia!

—Jo us estava observant des de lluny. Sort que us vau escapar. És clar que també hauria sortit si us haguessin detingut.

—No hi ha dret!

—Ho vaig fer per vosaltres.

—Pel nostre bé? —va rondinar en Lluc.

—Vinga, va. Calmeu-vos. Ho heu aconseguit.

—Què hem aconseguit?

—Sou aquí, no? I a les sis en punt. Això vol dir que heu resolt les proves i que per tant heu descobert l'assassí —va asenyalar en Marià Fernández, que també feia l'efecte de passar-s'ho d'allò més bé amb tot aquell muntatge.

—Vostè sabia…? —va balbucejar l'Adela.

—Sí que ho sabia, sí —va admetre el director, que ara tenia un aspecte de tot menys d'home ferotge—. I encara us diré més, vaig apostar amb el professor Romero que no ho aconseguiríeu. Jo no tenia la fe que ell sí tenia en vosaltres. I he perdut, de la qual cosa m'alegro. Sempre és millor aprovar, encara que sigui d'una manera tan estrafolària com aquesta.

—Estem aprovats? —el cor d'en Nicolau va començar a bategar.

—Us ho heu ben guanyat —va admetre el professor de matemàtiques.

L'alegria de l'aprovat no va fer disminuir el desconcert que encara sentien. Havien passat les tres pitjors hores de les seves vides.

O no?

—Però per què va haver de muntar tot aquest numeret? —va preguntar l'Adela.

—Perquè us havia de motivar d'alguna manera —en Felip Romero va ser directe—. Us recordeu de la nostra conversa al pati? Que si us bloquejàveu, que si no us entraven les matemàtiques, que si les odiàveu, que si no són el vostre fort, que si naps, que si cols... Ximpleries. Ja us vaig dir que era un joc.

—Però no era un joc! Vostè va fer veure que es moria! Ens ho hem passat molt malament! —va insistir l'Adela.

—I jo que em pensava que a tots els alumnes els agradava la idea que algú es carregués el profe de mates —en Felip Romero va conservar la calma, feliç.

—Home...! —va exclamar en Nicolau.

Es va posar vermell quan el mestre el va mirar amb sorna.

—Si haguéssiu sabut que era un joc no hauríeu fet ni la meitat de l'esforç. A més, com que era una segona oportunitat, però també un examen encobert, el límit de temps era necessari. I atès que sou tres...

—Ens ha posat quinze problemes! —va cridar en Lluc.

—Per això mateix, perquè sou tres i teníeu tres hores. De totes maneres no han estat quinze, sinó vuit. La resta eren pistes deductives.

Ja no podien més. Encara eren allà drets, esgotats per l'última correguda. Hi havia un sofà a l'esquerra del despatx, amb una tauleta just al davant, i l'Adela va ser la primera a deixars'hi caure. En Nicolau la va imitar i el tercer a fer-ho, encara que només fos per no ser l'únic que no ho feia, va ser en Lluc. Encara no ho veien del tot clar.

—Però vam sentir com es barallaven, vostè i el director —va murmurar la noia.

—Allò de l'altre dia? No era una baralla, era una discussió —va intervenir el director del centre—. De vegades les persones tenen opinions i criteris diferents, i atès que jo sóc qui mana i que el professor Romero té algunes idees un xic… diguem-ne peculiars, és normal que de vegades no estiguem d'acord en tot. Quan em va explicar el que pensava fer amb vosaltres, tampoc no hi vaig estar d'acord. No em va semblar bé. Si això se sabés, tots els alumnes voldrien una segona oportunitat al juny, no pas al setembre. Però en Romero estava segur que vosaltres no éreu ximples i que l'únic que us passava era que aquest rebuig us perjudicava.

—Gràcies a vosaltres he guanyat l'aposta que vaig fer i aconseguiré alguns canvis i millores —en Felip Romero els va fer l'ullet.

—És… increïble —va parpellejar en Lluc.

—Us he demostrat que podíeu, oi?

—Ostres! —va esbufegar l'Adela.

—Ja heu sentit el senyor Fernández —els va recordar—. Ni una paraula d'això a ningú. Era un assumpte entre vosaltres i jo. M'emprenyava aquest rebuig vostre.

—No es deu pensar que estem curats, oi? —va dubtar en Lluc.

—Val més que sí —en Felip Romero va ser categòric—. Després d'això, el curs que ve us penso exigir una nota d'accés.

—Au, profe!

—Sí home, i què més?

—Apa!

Semblava que ja s'ho havien dit tot, però no. Encara els quedaven un parell de qüestions pendents. El professor de matemàtiques va anar directe al gra.

—Heu resolt tots els problemes?

—Sí —va dir l'Adela.

I en tenien les proves: els fulls amb les preguntes, en els quals havien escrit les respostes. En acabar se'ls havien guardat, sense adonar-se'n, a les butxaques dels texans.

—El de la mosca i les dues bicicletes també?

—Sí, per què?

—Perquè aquest problema és molt difícil, noia. Fins i tot l'han fallat grans matemàtics, entestats a buscar fórmules o fent sumes interminables, quan de fet és elemental.

—I si arribem a fallar una pista com aquesta? Un problema menys hauria suposat una lletra menys, però si fallàvem una pista i no trobàvem el sobre següent... —va preguntar en Lluc.

—Bé, en el cas de la mosca, suposo que hauríeu anat al parc i hauríeu perdut molt de temps buscant l'arbre on hi havia el sobre. Però el de les cases, els espies de colors, els noms i les pistes encara era pitjor.

—Aquell ha estat difícil com una mala cosa! —va reconèixer l'Adela.

—L'ha resolt en Nicolau —en Lluc va donar uns copets a l'esquena del seu amic.

—Sé que tots n'heu resolt algun, per intuïció, perquè el sabíeu, per deducció, per mitjà de fórmules matemàtiques… I també en equip.

—Mira que en té, d'imaginació, profe! —va sospirar l'Adela—. El dels espies era molt bo, i el de les caixes que sumaven 16 també.

—I el del tauler d'anuncis —va afegir en Nicolau.

—I el de les pàgines del llibre i els Quatre Genets de l'Apocalipsi i la meitat no-sé-què de 8 —va assenyalar en Lluc.

—Bé —les mans d'en Felip Romero es van entrexocar, donant per finalitzada la reunió—. Jo crec que tots ens hem guanyat un bon cap de setmana.

—Daixò… —l'Adela es va atrevir a encetar el tema punyent—. Quina nota pensa posar-nos?

Aquella era la segona qüestió.

En Felip Romero es va posar a riure.

—Si heu resolt tots els problemes i no heu fallat cap pista…

—Ni una —li van allargar els fulls.

—Molt bé, molt bé. Això és un deu.

—Genial! —en Nicolau va fer uns ulls com unes taronges.

—Un deu en mates! El meu pare no s'ho creurà! —va exclamar en Lluc.

—El somni de tota la meva vida! —va reconèixer l'Adela.

—Ei, ei, espereu, no correu tant! —els va aturar el professor—. Aquest deu ha de fer mitjana amb el quatre del primer examen, naturalment.

—Deu i quatre, catorze. La mitjana és set! —va continuar en Nicolau, feliç.

—Un notable! El meu pare no s'ho creurà igualment! —va fer en Lluc, animat.

—Mai no he tret un notable en matemàtiques! —va sospirar l'Adela.

—Però… —els va interrompre el mestre per segona vegada—, no seria just que tinguéssiu aquesta supernota mentre els altres companys vostres es queden amb un cinc pelat després de l'examen. Així doncs, us trec un punt per aquesta segona oportunitat que heu tingut i un altre perquè heu pogut treballar en equip.

Es van quedar sense alè.

—Escolti, que com ens resti un punt més tornarem a quedar-nos amb el quatre del començament —es va espantar en Nicolau.

—I per això… —se li va encongir el cor a en Lluc.

—No penso restar-vos cap punt més, no patiu. Teniu un cinc. Tots tres.

No era un deu. Ni un set. Però era un cinc.

Aprovats.

Després d'una tarda boja, plena d'emocions, i amb l'alegria final de saber que tot havia estat... un joc i que en Felip Romero encara era viu.

—Au, aneu-vos-en a casa —en Marià Fernández, que durant els últims minuts havia guardat silenci, ara els feia fora—. Avui és divendres i jo ja hauria de ser amb la meva família.

—I jo amb la meva xicota —el professor va apujar i abaixar les celles tres o quatre vegades, fent cara d'entremaliat.

Tots tres es van aixecar.

Primer no van saber què fer. Després en Lluc es va acostar al mestre i li va allargar la mà.

—Gràcies, profe —va dir.

En Nicolau el va imitar.

—Vostè sí que és un paio com cal.

Allò era el màxim que es podia dir d'un adult.

L'Adela va ser l'última. Però ella no va dir res. Només se li va acostar i li va fer un petó a la galta.

Quan van sortir del despatx d'en Marià Fernández van deixar enrere un silenci ple de satisfacció.

Capítol
(x = 100 × 1 / 5 + 1)
21 i últim

Van sortir al carrer baldats, commoguts. Havien passat més de tres hores esbojarrades, al·lucinants, des de l'aparició del suposat cadàver. Corregudes, nervis, por, de tot.

I ara...

El professor de matemàtiques era viu i ells estaven aprovats...

—Ha estat una passada! —va sospirar en Nicolau.

—Genial —en Lluc va fer que sí amb el cap.

—I ho hem aconseguit —va reconèixer l'Adela, com si se n'adonés per primera vegada—. Hem resolt quinze... problemes o com es diguin de mates i de raonament i de lògica i...

—És veritat, nosaltres sols —es va inflar en Nicolau.

—En el fons no era tan complicat —va plegar els llavis en Lluc—. El pitjor ha estat haver de resoldre-ho tot sota pressió.

—Hi havia problemes que estaven força bé.

—Sí.

—El dels espies era guapíssim.

—Sí, era genial.

—Alguns, només que pensessis una mica...

—Sí, és veritat. L'enunciat ja ho diu gairebé tot. Per exemple, el de la mosca, el que han fallat grans matemàtics.

—I si no, només cal fer servir una fórmula de la manera correcta...

—Això.

Caminaven sense dirigir-se a enlloc, tot i que ja es feia tard.

Encara no volien separar-se.

Havia estat una tarda genial.

Com més se'n recordaven i hi pensaven, més se n'adonaven.

Absolutament genial.

—Estem aprovats —va dir l'Adela en veu alta.

—La bleda de la meva cosina ja no em farà classes —en Nicolau es va mossegar el llavi inferior.

—I a mi ja no em posaran com a profe d'estiu el pedant a qui li cau la bava quan veu la meva germana —en Lluc va dilatar els ulls.

—I els meus pares ja no hauran de gastar-se els diners ni em sortiran amb la cançó de sempre, que semblo llesta però que no ho demostro —es va extasiar l'Adela.

Aprovats, aprovats, aprovats.

Un estiu excels, meravellós i únic s'obria davant seu com un paradís sense fi, ple de dies per llegir, banyar-se, jugar, ballar, passar-s'ho bé...

I ara, quan arribessin a casa, l'anunci triomfal que en matemàtiques...

El món era perfecte.

Res no podia enterbolir aquell moment, n'estaven ben segurs.

—Ei, vosaltres!

Van girar el cap.

I es van quedar de pedra.

Eren els dos agents de la guàrdia urbana.

—Ai, mare! —es va estremir l'Adela.

—No, aquests dos ara no! —va gemegar en Nicolau.

—Ara sí que hem begut oli! —va exclamar en Lluc.

Eren fora del cotxe. I un d'ells anava coix. De les dues cames.

—Veniu aquí, diantre! —va renegar el primer.

—Us agrada jugar als morts, eh? —el segon, el que anava coix, va carrisquejar de dents.

La reacció va ser unànime.

Tots tres alhora.

—Fotem el camp d'aquí!

I van tornar a volar pels carrers, cadascú en una direcció. Sabien que era inútil d'intentar explicar res als agents de la llei.

En un tres i no res ja s'havien esfumat.

*A*mb bon humor...

De petit —i a l'adolescència, i ja de gran—, jo també vaig ser un estudiant pèssim de matemàtiques. Les odiava. No les entenia —volia ser escriptor, és clar—. En canvi m'apassionaven els jocs, les endevinalles, els enigmes, els jeroglífics. Fins i tot els feia jo. Ara sé que no n'hi ha per a tant, i que això dels nombres és... un joc, com diu el meravellós —i inventat— professor d'aquest llibre.

Tal vegada aquesta història serveixi per posar una mica de pau als extrems. Un pont entre els profes de mates durs i els alumnes encara més durs (de cap), que no n'encerten ni una. Potser. Sigui com sigui, no és més que un divertimento, i espero que l'hàgiu interpretat així.

Com que no sóc cap geni matemàtic, els problemes de la novel·la han estat extrets dels llibres Entreteniments matemàtics, de N. Estévanez, publicat a París l'any 1894, i Matemàtiques per a divertir-se, de Martin Gardner. També hi ha aportat la seva contribució un professor excel·lent: Sebastián Sánchez Cerón d'Alhama de Múrcia. La resta és meva, inclosa la superpista del capítol 15 o el jeroglífic del tauler d'anuncis.

Si diuen que «la lletra per les anques entra» —tot i que no n'hi ha per a tant—, espero que «les matemàtiques amb bon humor passin millor» —m'ho acabo d'inventar, però em sembla ben cert—. Al capdavall, 2 i 2 poden ser 4 o 22.

O no?

JORDI SIERRA I FABRA